견디는
시간을 위한
말들

견디는
시간을 위한
말들

슬픔을 껴안는
태도에 관하여

박애희 지음

수카

사랑하는 J에게

한숨이 차오르는 어느 밤을 견디는 당신에게

삼 일 밤을 꼬박 잠을 이루지 못했다. 잠을 조금이라도 자야 극도로 민감해진 신경들이 누그러져 다시 하루를 시작할 수 있다고 여겼기에 일단 집에 있는 천연 수면 유도제를 정량 한 알이 아닌 두 알을 삼키며 잠을 청했지만, 전혀 소용이 없었다. 사정없이 뛰는 심장의 고동 소리를 느끼며 내게 이토록 고통을 일으킨 사건을 복기하고 또 복기하며 괴로움에 몸부림치는 동안 까만 밤이 서서히 밝아오기 시작했고, 나는 혼잣말을 중얼거렸다.

또 찾아왔구나.

평화로움은 언제나 잠시일 뿐, 인생은 이렇게 예기치 않은 순간에 어떤 사건을 던져주며 고통과 혼란과 불안과 분노와 슬픔을 불러낸다. 방심하고 있을 때마다 잊지 말라며 툭 던져주는 생의 문제들을 붙든 채, 그래도 어떻게든 버텨야 한다며 모래알 같은 밥을 씹으며 나는 오래전 보았던 영화「레옹」의 대사를 다시 떠올렸다.

> **마틸다**　사는 게 힘들어요.
>
> 　　　　 어리기 때문에 그런가요?
>
> **레옹**　 언제나 그래.

인간이 얼마나 힘겹게 살아가고 있는지는 언젠가 읽었던 한 통계 보고서에도 잘 나와 있다. 보고서에 따르면 인간은 살아가는 동안 평균 1만 787번의 부상, 질병, 사고를 겪게 된다고 한다. 80.5살을 산다고 가정할 때 평균적으로 약 483번의 경련, 868번의 두통, 2898번의 충돌사고, 725번의 요통으로 고통받는다는 건데, 거의 사흘에 한 번꼴로 상처를 입거나 고통에 시달리는 셈이다.

그런데 인간이 겪는 고통이 어디 육체적인 것들만 있을까. 거기에 더해 우리가 껴안고 살아가는 마음의 불안, 혼란, 상처, 상실, 분노, 슬픔, 좌절까지 생각한다면 레옹이 삶의 힘겨움에 대해

한 그 말, "언제나 그래"는 정말이지 명대사가 아닐 수 없다.

그래서였을까, 서른아홉 나이에 심장마비, 마흔에는 암을 겪으며 인간의 고통과 질병과 상처에 대해 깊이 성찰한 의료사회학자 아서 프랭크는 우리 인간을 하나의 범주로 묶을 때 그 공통성의 핵심을 이루는 것이 '고통'이라고 말했다.

불행하게도 나는 이런 고통을 더 많이 감지하는 지극히 민감하고 유약한 사람인 것 같다. 두려움과 불안과 고통과 슬픔을 부르는 생의 문제들에 맞닥뜨릴 때마다 대범한 자세로 문제를 마주하는 대신, 언제나 불안하게 뛰는 심장을 붙잡은 채 어쩔 줄 몰라 하며 제발 누군가가 내게 그 어떤 말이라도 해주기를 간절히 바라왔으니. 어떻게 해야 이 힘겨운 시간을 지혜롭게 통과할 수 있는지, 내게 주어진 이 고통의 의미는 무엇이고, 이 시간을 통해서 삶은 어떻게 변화할 것인지에 대해.

생의 슬픔에 침몰되지 않고 살아남고 싶었기에 고통과 불안으로부터 야기되는 고단함들을 어떻게든 이해해보고 싶었고 잘 버텨보고 싶었다. 그래서 나의 것뿐만이 아니라 내 주변의 고통과 슬픔에 자주 주목했다. 또 지난한 시간을 견디게 해주는 말들과 혼란 속에서도 자신을 잃지 않고 지킬 수 있었던 태도를 찾으려고 부단히 애썼다.

그 모든 것들을 이 책에 담았다. 때문에, 이 책은 삶의 문제에 맞닥뜨릴 때마다 휘청이는 허약한 한 사람이 그 시간을 버티고 견디기 위해 몸부림을 친 흔적이라고도 말할 수 있을 것이다.

그러나 알고 있다. 내 가슴과 지혜는 너무 알량해서 내가 품은 고통은 내게 닿은 슬픔과 아픔에 한해 있다는 것을. 여전히 세상 도처에는 내가 알지 못하는 고통이 존재한다. 지금도 어딘가에서 각각의 이유와 사연을 가지고 힘겨운 시간을 버티고 있는 이들이 있을 것이다. 그중 한 명이 당신일지도 모르겠다.

어떻게든 다시 살아보려고, 견뎌보려고 이제 이 책을 막 펼친 당신에게 내가 가진 세월과 경험으로 줄 수 있는 것들이 너무나 미미하면 어쩌나 걱정이 앞서지만, 그래도 글을 마치는 지금 감히 소망하고 있다. 이 책을 쓰는 내내 품었던 니체의 이 말을 당신도 부디 믿게 되기를.

나를 죽이지 못한 것은
나를 더욱 강하게 만들 것이다.

차례

1장

우리 등 뒤의 슬픔

그땐 미처 몰랐던 것들

그 여행은 정말이지 최악이라고 생각했다. 먼 훗날 이 시간을 돌아보며 그리워하는 일은 결코 없을 거라고 나는 아주 오랫동안 확신했었다.

10년 전, 여름이 끝나가던 8월 말, 남편과 나는 동유럽으로 여행을 갔다. 더위를 무척이나 못 견디는 체질이라 한여름을 피해 여행 일정을 잡았지만, 예상과 다르게 유럽의 더위는 역대 최악이었다. 39도와 40도까지 치솟는 폭염이 여행 내내 이어졌다. 달궈진 대지는 쉽게 식을 줄 몰라 밤에는 열대야가 이어졌다. 첫 여행지였던 오스트리아 빈에 예약한 숙소는 설상가상으로 에어컨 가동이 되지 않았다. 좀처럼 땀을 흘리지 않는 나조차도 이

마에 땀이 흥건했다. 당연히 잠을 이룰 수가 없었다. 견딜 수 없었던 우리는 냉장고에 있던 생수와 맥주캔을 꺼내 품에 안고 잠을 청했다. 시차로 컨디션은 엉망이 되고 폭염에 완전히 지쳐버렸지만, 여기까지 왔는데 볼 수 있는 것들은 봐야지, 하며 준비한 일정들을 강행하려 했다. 우리는 곧 모든 일정을 최소로 줄이는 데 합의했다. 그 여행에서 남편과 내가 유일하게 마음이 맞았던 순간은 그때뿐이었다. 빈에서 프라하로 프라하에서 부다페스트로 이어지는 여행 내내 남편과 나는 싸웠다. 결혼 전이라면 당장 헤어졌을 거라고, 친구들에게 문자를 보낼 정도였다.

여행을 떠나기 전, 원고 마감 때문에 정신이 없었던 나는 처음으로 항공과 숙소 예약을 포함한 모든 여행 일정 계획을 남편에게 맡겼다. 해외여행을 갈 때마다 모든 준비는 내가 해왔다. 의심과 불안이 많은 나는 여행을 준비할 때 많은 자료와 후기들을 토대로 계획을 잡고 일정을 짜곤 했다. 시간과 돈을 들여 멀리까지 와서 보고 싶었던 것을 보지 못하거나 먹고 싶었던 음식을 먹지 못하는 일은 없어야 한다고 생각했다. 나는 언제나 취향에 맞는 관광지와 맛집 리스트를 신중하게 선별한 뒤, 꼭 가야 하는 곳부터 시간이 나면 들러볼 만한 곳까지 별표를 매기며 일정을 뽑았다. 계획대로 되지 않는 날을 위해 다음 대안까지도 꼼꼼하게 생각하는 편이었다(지금은 그렇지 않다. 이제는 여행의 묘미가 우연과 여유라는 생각을 한다). 늘 내가 준비했으니 이번엔 당신이 잘 좀 준비해줘, 했을 때 남편은 흔쾌히 대답했다. 하지만, 여행지에 도착하고 나니 남편은 별다른 계획이 없어 보였다. 나는 뒤늦게 한숨을 쉬며 여행 책자를 폈다.

몇백 년의 고풍스러운 기운이 느껴지는 동유럽의 거리는 딴 세상에 온 것처럼 아름다웠다. 아니 아름다웠을 것이다. 이렇게 말할 수밖에 없는 건, 사실 그때 우리는 무시무시한 더위에 시달리느라 무언가를 감상할 여유가 없었다. 더위도 힘들고, 일정을 다시 짜는 것도 힘들고, 애써 한군데를 찾아가면 나보다 더 더위를 못 견디는 남편은 다시 호텔로 돌아가 찬물로 샤워를 했다. 나는 점점 입이 나왔다. 이번 여행은 망했구나. 처음부터 징조가 좋지 않았다. 환승지인 헬싱키에서 다음 비행기가 연착됐고, 우리는 일정보다 하루 늦게 빈에 도착했었다. 예약한 숙소에 전화를 걸어 사정을 말할 여유도 없었다. 숙소에 도착한 뒤 체크인을 하며 뒤늦게 사정을 말했지만, 데스크에 서 있던 백인 남자 직원은 '그런 건 네 사정이지' 하는 표정으로 무심하게 일관했다. 설상가상으로 남편은 거리에서 환전 사기를 당해 10만 원을 날렸다. 이런저런 이유로 서로 심기가 불편했던 우리는 어렵게 찾은 소문

난 레스토랑에 가서도 언성을 높였다.

프라하에서는 분명 피자를 한 판 시켰는데 두 판이 나오는 황당한 일도 겪었다. 그 맛까지 너무 형편없었는데 우리는 억울하게도 피자 한 판도 채 먹지 못한 채 두 판의 가격을 내고 식당을 나섰다. 부다페스트로 옮긴 뒤 숙소는 다행히 쾌적했다. 그러나 이미 지칠 대로 지친 우리는 현지인은 결코 갈 것 같지 않은 관광객 대상의 비싸 보이는 레스토랑을 제 발로 들어가 예상대로 바가지를 썼다. 여행을 가기 전에는 유럽 여행은 9박 10일도 짧지, 하며 일정보다 더 있고 싶어질 줄 알았는데 일정을 반 정도 소화했을 때 이미 나는 너무나 간절하게 집에 가고 싶었다. 지긋지긋한 더위도, 동양인을 대놓고 무시하는 것 같은 덩치 큰 유럽인들도, 우리나라처럼 쾌적하지 않은 교통도 다 싫었다. 귀국 비행기에 올랐을 때는 안도감마저 느꼈다.

한국에 돌아오니 아침저녁으로 바람이 선선했다. 혹시나 해서 동유럽의 날씨를 살펴봤더니 역시나 우리를 고문하는 것 같았던 동유럽의 폭염이 사라지고 있었다. 운도 더럽게 없었구나. 그 후로 나는 남편이건 친구들 앞에서건 동유럽 여행 얘기는 꺼내지도 않았다. 최악의 경험을 굳이 떠올려 기억하고 싶지 않은 기분이었다. 아주 오랫동안 그 시간을 잊고 지냈다.

이상하게도 요즘 한 번씩 그때 생각이 난다. 정작 당시에는 의식조차 하지 않았던 어떤 풍경들이 떠오르는 것이다. 땀을 뻘뻘 흘리며 땡볕의 정원을 가로질러 들어간 미술관에서 한참 서서 보던 클림트의 그림들, 더위에 지쳐 들어간 프라하의 어느 펍에서 마시던 생맥주, 뜨거운 해가 지는 언덕 돌담길에 앉아서 하나둘 불이 들어오는 부다페스트의 풍경을 말없이 바라보던 순간, 등갈비로 유명한 식당 앞에서 줄 서서 기다리다 맡았던 근처 작은 연못의 여름 냄새, 빈의 슈테판 성당에 들어가 돌아가신 엄마를 위해 초를 봉헌하고 기도하던 순간, 벽돌 하나하나에서 느껴지던 세월의 기운에 감탄하며 고개를 들어 첨탑을 바라보다 발견한 뭉게구름, 더위에 지쳐 잠 못 드는 나를 위해 남편이 껴안고 자면 낫다며 꺼내다 주었던 차가운 맥주와 생수병, 언젠가 아이가 태어나면 줘야지 하고 빈의 작은 구멍가게에서 샀던 연필 세트(아이는 여덟 살 때 그 연필을 썼다), 계획 없이 갑자기 일정이 맞아 듣게 됐던 미니 오케스트라의 연주가 생각보다 좋아서 말없이 눈웃음을 짓던 우리, 다뉴브강의 야경이 보이는 돌길을 걷고 또 걷던 시간. 잊고 있던 여행의 풍경을 떠올리면서 나는 궁금해졌다. 지금 와 생각하니 그렇게 나쁘지는 않았던 것 같은데, 그때는 왜 그렇게 그 시간을 진저리쳤던 것일까 하고.

처음에는 이게 다 코로나 때문이라고 생각했다. 해외여행을 간 지가 하도 오래되다 보니, 이제는 최악의 여행마저 근사하게 생각나는 거라고. 그런데 그게 꼭 그렇지만은 않다. 지나간 일들이 시간의 필터로 조금 아름답게 느껴지는 것과도 조금은 다른데, 당시에는 기분과 상황에 휩쓸려 보지 못하고 알지 못했던 것들을 뒤늦게 알아가고 있다고 설명할 수 있을 것 같다.

언젠가 일본의 삿포로를 여행할 때, 한 편의점에 들른 적이 있다. 발이 푹푹 빠지는 눈 쌓인 거리를 걷느라 춥고 배고팠던 남편과 나는 편의점에 들러 간단한 요기를 하고 싶었다. 워낙 어묵이 유명한 지역이라 편의점(우리나라의 편의점을 생각하고는) 안에서 먹고 가려는데, 직원이 깜짝 놀라며 말렸다. 가게에서는 음식 섭취를 할 수 없다고. 당황한 우리는 밖으로 나와 가게 한쪽 구석에 서서 찬바람을 맞으며 어묵 국물을 들이켰다. 때마침 눈보라가 쳤는데, 당시에는 이게 뭔 거지꼴이람, 하며 신세타령을 했던 것 같다. 그런데 오랜 시간이 지나 남편이 한번은 이런 말을 했다. 그때 그 어묵 생각나? 삿포로에서 쫓겨나서 먹던 어묵. 참 맛있었는데. 나는 빙긋 웃으며 그에게 말했다. 당신도 그랬어? 이상하게 가끔 어묵을 먹으면 그때 그 눈 풍경이 생각나.

어떤 아름다움은 그렇게 뒤늦게 알게 되는 것일까.

그 안에 있을 때는 모르다가, 떠나고 난 뒤에야 가치와 의미를 깨닫게 되는 일은 여행뿐 아니라 우리 인생에도 내내 반복되는 일이 아닐까 싶다. 청춘을 지나오고 나서야 그때 시리게 아팠던 청춘이 인생의 봄이었음을 깨닫는 것처럼, 함께 있을 때는 지긋지긋하게 싸웠던 어떤 관계도 이별 후에는 어쩐지 그리워지는 것처럼.

그러니 믿어보라고, 초라하고 남루하게 느껴졌던 어느 하루도, 무척이나 화가 나서 씩씩대던 날도, 한숨만이 터져 나오던 어느 밤도, 훗날에는 어떤 아름다움과 의미를 내게 선물할지 모른다고, 힘겨운 시간을 견디는 게 버거울 때면 그렇게 지금 여기가 아닌 먼 곳을 내다보라고, 아주 예전의 여행들이 자꾸 내게 말을 걸고 있다.

아무것도 되지 못할까 봐

결국, 아무것도 되지 못한 채 길을 잃은 마흔의 여자와

결국, 아무것도 못 될 것 같은 자기 자신이 두려워진

스물일곱 남자의 이야기

방영 예정인 한 드라마의 소개 글 앞에서 잠시 얼어붙고 말았다. 늘 이랬다. 이 비슷한 글들은 꼭 길을 가던 나를 멈춰 세웠다. 언젠가는 '무엇이 되지 않더라도', '뭐라도 되겠지'라는 책 제목 앞에서도 오래 서성였고, 결국 그 책들을 산 뒤에야 발걸음을 뗄 수 있었다. 고백하자면, 나는 항상 두려웠던 것 같다. 드라마 속의 스물일곱 남자 주인공처럼 아무것도 되지 못할까 봐, 마흔의 여

자 주인공처럼 아무것도 되지 못한 채 길을 잃을까 봐. 나이를 먹으면 그런 마음들도 조금씩 정리가 되겠지 싶었다. 그런데 왜 나는 아직도 이런 말들을 발견할 때면 멈춰 서게 되는 걸까.

누구나 그렇듯 나 또한 빛나는 존재들을 오랫동안 부러워하며 동경했다. 십 년 넘게 방송작가 일을 하면서 눈에 띄는 존재들을 많이 만났다. 자신만의 분야에서 일가를 이룬 사람들, 화려한 조명을 받는 스타들, 뛰어난 재능으로 감탄을 자아내는 이들을 볼 때마다 지금 내가 서 있는 이 자리가 유난히 작고 초라하게 느껴지곤 했다. 무언가를 끊임없이 하면서도 나는 항상 좌불안석이었다. 청춘의 시간엔 평범함을 넘어 비범하게 빛나는 존재가 되고 싶은 욕망이 컸다. 아름다워지고 싶다는 마음(청춘의 시간에는 빛나는 것들이 다 아름답게 보인다. 그 시간을 지나고 나면 아름다운 것들을 보는 눈이 조금씩 달라지지만)은 젊음의 한가운데서 절정을 이루는 법이니까.

그 시간을 통과하고 나이가 든 뒤에는 '체념'을 배워야 한다고 생각했다. 인생이 마음대로 되지 않는 것을 아는 것이 어른이지, 이루지 못한 바람과 무언가를 계속 이뤄내는 누군가의 모습 앞에서 짐짓 아무렇지 않은 척을 하려고 애썼다. '아무것도 되지 못한 여자와 아무것도 되지 못할까 봐 두려운 남자'의 이야기를 발견했을 때도 이러다 또 금세 잊겠지, 싶었지만 나는 한동안 조금 괴로웠다. 며칠 뒤, 아이가 내게 이렇게 말할 때까지.

"엄마, 기억나? ♪모두 다 꽃이야, 이 노래. 옛날에 배웠는데, ♬산에 피어도 꽃이고~, 그땐 다 알았는데 여기밖에 모르겠다."

아이가 무슨 노래를 말하는지 바로 기억이 났다. 재작년이었나, 유치원을 마치고 돌아온 아이가 내게 흥얼거리며 이 노래를 불러줬었다.

> 산에 피어도 꽃이고 들에 피어도 꽃이고
> 길가에 피어도 꽃이고 모두 다 꽃이야.
> 아무 데나 피어도, 생긴 대로 피어도,
> 이름 없이 피어도 모두 다 꽃이야.
> 봄에 피어도 꽃이고, 여름에 피어도 꽃이고,
> 몰래 피어도 꽃이고 모두 다 꽃이야.
>
> _ 동요 「모두 다 꽃이야」

아이는 천진한 목소리로 이 노래를 끝까지 내게 들려줬었다. 그때 나는 처음 듣는 동요에 찔끔 눈물을 흘리고는 몰래 눈가를 훔쳤다. 그 뒤로는 아이가 이 노래를 부른 적이 없었다.

"그런데 왜 이 노래가 기억이 났어?"

"몰라. 지난번에 본 꽃 때문에 그런가. 갑자기 생각났는데, '산에 피어도' '들에 피어도'랑 '모두 다 꽃이야' 이것밖에 기억이 안나. 엄마."

"그럼 이따 엄마랑 찾아서 다시 들어보자. 그 노래 진짜 좋지?"

"응. 진짜 좋아."

아이가 처음 내게 이 노래를 들려줬을 때, 나는 마음으로 아이에게 어느 영화의 대사를 빌려 말했었다.

넘버원이 아니어도 돼.

넌 이 세상에서 가장 특별한 온리원(Only One)이니까.

_ 영화 「지상의 별처럼」

이 말을 떠올릴 때면 한 TV 프로그램에서 본 장면이 생각난다. 하교 중인 한 여자아이에게 강호동이 묻는다. "어떤 사람이될 거예요?" 수줍은지 잠시 망설이는 아이에게 이경규가 말한다. "훌륭한 사람이 되어야지." 옆에서 이 말을 듣고 있던 이효리가아이에게 무심한 말투로 이렇게 말한다.

뭘 훌륭한 사람이 돼. 하고 싶은 대로 그냥 아무나 돼.

나는 그때 이효리의 말에 조금 감탄했었다. 빛나는 성취들은 언젠가 누군가 해낼 수 있는 일이지만, 내가 나로 사는 일은, 진정한 내가 되는 일은 나만이 할 수 있는 일이라고 말하는 것 같았으니까. 화려한 조명 속에서 동경과 선망의 대상으로 오래 살아본 이효리는 아마 알고 있지 않았을까. 평범함 위에 군림하는 비범한 존재가 되는 것보다 그 누구도 아닌 나만의 삶을 일구고 지켜가는 게 가치 있는 일이라는 걸 말이다.

그 누구와도 비교하지 않고 온전히 나답게 살아가는 일은 지금의 세상에서는 더욱 어렵게 느껴진다. 온라인 서비스인 SNS가 폭발적으로 성장하면서 우리는 타인이 뭘 먹고, 뭘 하고, 뭘 이뤄내는지를 수시로 보면서 살아간다. 주말 가족 여행부터 근사한 레스토랑에서의 한 끼, 한 사람 한 사람의 개인적인 성취들(수상 소식, 독서 1000권 돌파, 다이어트 성공 등등), 심지어 어떤 결혼 생활을 하고, 어떤 연애를 하고 있는지까지 말이다. SNS의 특성상 기억하고 기념할 만한 것들, 혹은 은근히 자랑하고 싶은 것들이 주로 업로드되다 보니 무심히 그것을 열어보는 사람들은 자신도 모르게 SNS에 올라온 일상과 자신의 삶을 비교하게 되고 때때로 박탈감을 느낀다고 고백한다. 내 일상만 이렇게 무료하구나. 다들 저렇게 행복한데 나만 이렇게 아무것도 없구나.

나 또한 그랬다. 내가 알던 이들이 TV에 나와 활발한 활동을 하고, 함께 일했던 동료들이 굵직한 상을 탔다는 걸 알게 될 때마다, 나름대로 잘 살아가고 있는 것 같던 내 삶이 어쩐지 보잘것없게 느껴지곤 했다. 그럴 때면 흔들렸다. 내가 원하는 것이 무엇인지. 내가 추구하는 삶이 어떤 것인지. 나에게 가장 잘 어울리는 자리가 어디인지.

어쩌면 이런 고민들은 아주 먼 옛날부터 계속되고 있는지도 모르겠다. 고대 사상가인 쿠인틸리아누스도 "자기 자신을 충분히 존중하는 일은 희귀한 일"이라고 말한 적이 있으니 말이다. 우리의 고민이 그 옛날 누군가의 고민과 다르지 않다는 사실은 언제나 위로가 된다. 먼저 살다간 이들의 어떤 조언들도 흔들리는 우리를 일으켜 세운다. 사랑하는 이들을 줄줄이 잃고 죽을 뻔한 낙마 사고를 겪은 뒤 자신이 하던 일과 지위를 모두 내려놓고 자신을 알아가기 위해 모든 것을 기록했던 몽테뉴는 내가 가장 좋아하는 철학가다. 그가 남긴 무수한 명언 중에 "모두 다 꽃이야"라는 말을 응원하는 것 같은 말이 하나 있다. 자기만의 시간을 견디고 살아내며 자신만의 풍경을 만들어낸 사람들의 어깨를

퍼게 해주는 말. 아무것도 되지 못한 채 길을 잃은 사람들과 아무
것도 되지 못할까 봐 두려운 사람들을 안아주는 말.

　　　가장 위대한 일은 오늘을 살아낸 것,
　　　그리고 자신이 되도록 노력한 것이다.

그렇더라도 우리가 아직 괜찮은 이유

"언니는 안 힘들어요?"

오랜만에 만난 선배에게 불쑥 이런 질문을 던졌다. 선배는 평온한 사람이었다. 알게 된 지 20년 가까이 되지만 크게 화를 내는 일도, 낙담하는 일도 별로 없었다. 마음 저 깊은 곳에 단단한 심지가 있는 듯 선배는 일희일비하지 않았다. 사소한 일들에 휘둘리며 안달복달하는 나와 다른 지점에 있는 선배가 가끔 부럽고 궁금했다. 선배의 일상만 무탈했을 리는 없을 텐데. 정말 항상 괜찮은 건지.

"힘들지. 안 힘든 사람이 어딨어?"

예상치 못한 답이었다. 이런저런 자잘한 일들에 엄살을 피우는 나의 이야기를 항상 잘 들어주던 선배는, 나도 힘들어, 이런 말을 하는 사람이 아니었으니까. 자신의 이야기를 하기보다 항상 후배들의 이야기를 먼저 들어주던 선배는 그날 처음으로 자신의 이야기를 길게 털어놓았다. 충분한 사랑을 받지 못해 늘 혼자였던 어린 시절과 생의 괴로움을 혼자 삭이는 법에 익숙해져야 했던 시간에 대해. 선배는 나의 괴로움을 누군가에게 말해보았자 크게 달라지는 일이 없다고 믿었다. 그 쓸쓸한 시간이 내 편이 생긴 다음에라도 달라지면 좋으련만, 많은 초보 부부들이 그렇듯 선배도 결혼 후에 좁혀지지 않는 평행선 사이에서 갈등했다. 사람 좋은 남편은 따뜻하고 매력적인 사람이었지만 경제활동에는 그다지 필사적이지 않았다. 아이를 낳은 후에도 가정의 경제를 책임지는 건 늘 선배의 몫이었다. 선배는 늘 발등에 떨어진 불을 끄는 심정으로 일을 하고 또 일했다. 예민한 성정을 지닌 아들이 온전히 의지할 수 있는 엄마 노릇도 함께 하면서. 친한 우리에게 한 번쯤 사는 게 왜 이리 퍽퍽하냐고 투정도 했을 법한데 선배는 그런 적이 없었다. 선배가 안쓰러우면서도 존경스러웠다.

"아니 그런데, 어떻게 늘 그렇게 평온을 유지했던 거예요?"

"내게 이 문제가 없었다면 다른 문제가 있었겠지. 그렇게 생각해."

선배는 바꿀 수 없는 것들과 싸우는 대신 자신이 해야 할 일들을 생각했다. 삶의 고단함을 불평하고 싶을 때면 무탈하게 굴러가고 있는 삶의 다른 부분들을 떠올렸다. 여전히 따뜻하고 건강하신 양가 부모님들, 어릴 때부터 무척이나 마음을 쓰게 했던 섬세한 아들의 씩씩한 성장, 죽으라는 법 없이 하나의 일이 끝나면 다시 들어오곤 하는 제안들. 자신이 갖지 못한 것들보다 가지고 있는 것들을 바라봤다.

인생의 고수들은 결이 조금 다를 뿐 어딘가 비슷한 면들이 있는 걸까. 처음 방송작가가 되고 싶어 '방송 아카데미'라는 곳에 들어갔을 때 만난 선생님의 인터뷰 기사를 보게 됐다. 당시에도 다큐멘터리계 최고의 구성작가로 유명했던 선생님은 제작사를 설립해 꾸준히 양질의 프로그램들을 만들고 계셨다. 이제 그 제작사는 믿고 맡기면 최고의 아웃풋을 내놓는 회사로 성장했다. 많은 직원을 책임져야 하는 대표로 20여 년간 활동하면서 크고 작은 위기들을 만나지 않았을 리 없다. 인터뷰어가 그것을 극복한 비결을 묻자, 선생님은 아주 간결한 답을 내놨다.

없어요! 속상한 일이 있어도 1분 속상한 다음 그냥 잊어요!

20여 년 전 선생님을 봤을 때 느껴지던 어떤 담대함의 원천이 무엇인지 알 것 같았다. 일상의 자잘한 문제에도 속을 끓이며 곧 잘 밤을 지새우는 나는 선생님이 질투 날 정도로 부러웠다. 인생을 대하는 그런 대범함은 어떻게 얻을 수 있는 것일까.

이걸 나에게서 가져간 건 다른 걸 잡으라고 주는 기회일 것이다, 이 손이 비어야 다른 걸 잡을 수 있다! 그렇게 생각하고 잊어요.

선배가 위기 속에서 흔들리지 않는 법을 가르쳐줬다면, 선생님은 그 위기 속에서 한 발 더 나아가기 위해 어떤 마음을 가져야 하는지를 가르쳐주고 있었다. 좌절하고 침잠하고 싶은 상황 속에서 두 사람은 허우적대지 않았다. 대신 차분히 고민한 뒤 그 상황을 자신들만의 방식으로 받아들였다. 인생을 수용하는 고수의 자세를 나는 언제쯤 갖게 될 수 있을까. 나이를 조금 더 먹으면 가능해질까.

예순이 넘은 나이에도 나의 이모는 여전히 자신에게 찾아온 어려움과 분투 중이다. 자신과 딸을 꼭 닮은 예쁜 손주의 재롱을 보며 평화로운 시간을 보내면 좋으련만, 이모는 몇 년째 투병 중인 남편을 간호하느라 고단한 일상을 보내고 있다. 더 나아지길 바라는 건 포기한 채 그저 더 심해지지 않기만을 바라며 고통받는 가족을 보살피는 일이 얼마나 몸과 마음을 지치게 만드는지 나는 잘 알고 있다(엄마와 아빠를 그렇게 보내봤으니). 그런 이모에게 내가 한 말은 고작 이런 거였다.

"이모부도 이모부지만 이모가 걱정이네요."

"힘들지 않다면 거짓말이지. 그런데 아픈 사람이 더 힘들지. 옆에서 내가 해줄 수 있는 게 없으니까 안타까울 뿐이야."

그러면서 이모는 말했다.

"힘든 거는 뭐, 내 몫이지."

이모 역시, 불평하지 않았다. 긴 시간 애쓰고 살았으니 이제 좀 편안해지면 안 되느냐고, 신을 향해 원망을 토해내도 될 텐데, 몇 년째 이모의 SNS 프로필 사진 문구는 변하지 않고 있다.

'감사, 생의 모든 것♡'

삶의 진창 속에서도 누군가는 기어이 생의 미덕을 찾아내고 만다. 좌절과 슬픔이 전하는 생의 깨달음들을 놓치지 않는 그들에게서 나는 배운다. 우리를 앞으로 나아가게 하는 건 삶에 대한 저항이 아니라 자신만의 '받아들임'이라는 것을.

며칠째, 별것 아닌 일에 속을 끓였다. 늘 그렇듯 일어나지 않은 일들에 대한 걱정과 나보다 앞서가는 삶에 대한 부러움으로 잠 못 이루는 시간의 반복이었다. 그 어지러운 시간 속에서도 어떻게든 써내야 하는 글이 있어 머리를 쥐어뜯으며 책상 앞에 앉았다가 이 세 사람을 떠올렸다. 그리고 글을 마치는 지금, 비로소 조금 평화로워진 기분이 든다. 오늘 밤은…… 오랜만에 깨지 않고 긴 잠을 잘 수 있을 것 같다.

매일을 견디는 당신에게

가끔, 당신을 생각했습니다.

해지는 저녁, 창문에 서서

가로등이 하나둘 들어오는 풍경을 가만히 바라볼 때,

하루의 일을 마치고 집으로 걸어가는 사람들의 뒷모습을 볼 때,

지하철에서 고개를 떨어뜨린 채 졸고 있는

누군가가 눈에 들어왔을 때,

"밥은 챙겨 먹었고?" 바쁜 걸음으로 걸어가며

다정하게 가족의 한 끼를 챙기는 목소리를 들었을 때,

당신의 안부가 문득 궁금해지곤 했습니다.

오늘 당신의 하루는 무탈했는지,

일을 마치고 돌아가는 길

걸음을 멈춘 채 먼 곳을 한참 바라보지는 않았는지,

"나 왔어" 하고 현관문을 열었을 때

당신의 고단함을 풀어줄 누군가가 당신을 기다리고 있는지,

한 번씩 당신의 하루를, 당신의 퇴근길을,

당신의 밤을 그려보곤 했습니다.

혹시, 기억하고 계실까요?

당신이 내게 어쩔 수 없는 웃음을 지어주었던 그날.

매일 세 끼를 차리는 고단함에 지쳤던 어느 날,

남이 해준 반찬이 먹고 싶어 아주 오랜만에

당신이 일하는 반찬 가게를 찾았습니다.

가게에 들어서자마자, 저는 조금 당황했습니다.

사장으로 보이는 여자의 목소리가

가게 안쪽 조리실에서 쩌렁쩌렁 울리고 있었으니까요.

같이 일하는 분들을 향한 고함과 욕설.

"정말 이따위로 일할 거야? 등신이야? 병신이야?

사람 말귀를 왜 그렇게 못 알아들어?"

여기에 옮기기도 어려운 험한 말들이

그 후로도 한참 쏟아졌습니다.

그때 당신은 마치 거기에 없는 사람처럼,

숨소리조차 내지 않고 있었던 것 같습니다.

다시 나가야 하나, 당황한 얼굴로 우물쭈물하고 있을 때,

내 발소리를 알아챈 당신이

얼른 조리실에서 계산대로 나왔습니다.

나는 당신이 혹여 민망할까 봐 지금 가게에 들어선 척

반찬 몇 가지를 얼른 골랐습니다.

당신이 "다 고르셨어요?"라는 말을 하자,

그제야 손님이 있다는 걸 인식했는지

여자의 고함이 잠잠해졌습니다.

혹여 나 때문에 당신이 더 무안할까 봐

나는 당신을 똑바로 보지는 못했습니다.

그런 내게 당신이 친절하고 차분한 목소리로

"혹시 담아갈 데 있으신가요?"라고 말을 건넸습니다.

그러면서 당신은 내게 살짝 웃음을 지어 보였습니다.

조금 겸연쩍지만,

그렇다고 애써 이 상황을 감추지도 않는 표정으로.

그때, 당신의 얼굴은 꼭 이렇게 말하고 있는 것 같았습니다.

'괜찮아요. 괜찮지 않으면 또 어떡하겠어요.'

당신은 능숙하게 내 포인트를 적립해주었고,

장바구니에 반찬 몇 가지를 쓰러지지 않게 잘 담아주었습니다.

내가 "수고하세요" 인사를 하며 돌아설 때,

당신은 상냥한 말씨로 "감사합니다. 또 오세요"

라는 말도 잊지 않았습니다.

집으로 돌아가는 길, 나는 심장이 조금 두근거렸습니다.

누군가를 쥐고 흔드는 것 같은 고함과 욕설의 여파는

생각보다 오래갔습니다.

그냥 곁에 있던 나도 이런데,

그 모욕을 고스란히 당한 당신은 어떨까 생각하니

마음이 쓰렸습니다.

그 저녁, 괜찮지 않으면 어떡하겠어요,

하는 당신의 미소를 다시 떠올리며

수많은 일터에서 고단한 하루를 보냈을 사람들을 생각했습니다.

오늘도 누군가는

따뜻한 이불 속에 숨고 싶은 마음을 물리치며 일어나

서늘한 아침 공기에 어깨를 움츠린 채

만원 버스와 지옥철에 시달리며 일터로 나갔을 겁니다.

일을 하지 않으면 먹고살 수 없다는 엄중한 이유로,
일을 그만두면 나라는 존재가 사라질지 모른다는 이유로,
늙으신 아버지의 병원비를 떠올리면서,
하고 싶은 것도 많은 아이의 학원비를 생각하면서
우리는 매일 세상에 나갔습니다.
그곳에서 우리는 때로는 자존감을 훼손당하고,
때로는 모멸감을 느끼며,
때로는 자괴감에 몸을 떨며
몸과 마음이 너덜너덜해진 채로 집으로 돌아오곤 했습니다.
그 길에 우리는 오늘을 견딘 이유를 찾곤 했습니다.

문득, 내 어린 시절의 아빠의 모습이 떠오릅니다.
아빠는 퇴근하기 전이면 집으로 전화를 걸어 묻곤 했습니다.
"오늘은 뭐 사 갈까."
집으로 들어서는 아빠의 두 손에는
항상 가족을 위한 무언가가 들려 있었습니다.
저는 아주 오랜 시간 동안, 아빠의 '뭐 사 갈까'를
그저 평범한 자상함이라고 생각했었습니다.
그런데 이제는 그런 생각이 드네요.

아빠는 일을 마칠 때마다 노동의 가치를
그렇게 확인하고 싶으셨던 건지도 모른다고.
가족이 옹기종기 모여 먹을 치킨을 들고,
아이가 좋아할 장난감을 사 들고,
사랑하는 사람이 좋아하는 맥주를 사 들고 들어가며,
애써 생각했을지도 모르겠습니다.
'그래, 내가 이러려고 돈을 번 거지.
그러니까 오늘도 잘 견뎠다.'
사회생활의 쓴맛을 겪은 날이면,
나를 둘러싼 평범하지만 소중한 것들에
더 기대고 싶어지는 법입니다.
내가 이것을 지키려고 오늘을 살아냈구나, 하는 마음.
당신에게도 그런 것이 있나요?

당신께 조심스레 물었지만, 알고 있습니다.
사랑하는 이들을 생각하며
다시 마음을 회복하는 사람들 속에서
누군가는 어둡고 조용한 작은 방에 누워
끝 모를 바닥을 느끼고 있을지도 모른다는 것을.

깜깜한 밤 속에서 보이지 않는 출구를 찾다가
지쳐 잠이 들기도 한다는 것을.
그럴 때 우리가 힘겹게 기대는 진실은
나와 같은 사람이 어딘가에 있을지도 모른다는
외로운 추측뿐이겠지만,
우리는 알고 있습니다.
끝날 것 같지 않은 어두운 밤에 시달리던 숱한 날들에도
단 한 번도 아침이 찾아오지 않은 적은
없었다는 사실을 말입니다.
당신이 내게 보여주었던
'어쩔 수 없는 미소'에 자꾸 마음이 갔던 건
어떻게든 견디어보려는 당신에게서
아침이 보였기 때문이었습니다.
그렇게 매일 세상에 나가 버티고 있는 당신은
언젠가의 나이기도, 가족이기도, 친구이기도,
한 번도 만나지 못했지만 같은 마음으로 살아갈
누군가이기도 했습니다.

앞으로도 나는 해 지는 저녁 무렵이면

가끔 당신을 생각할 것 같습니다.

그럴 때면 언제든 기도하는 마음이 되겠지요.

내일은 정말 좋은 일이 당신을 기다려주기를.

어쩔 수 없는 미소가 아니라

기쁨을 참을 수 없는 웃음을 지을 수 있기를.

비는 언젠가 반드시 그친다

　이 여름의 끝은 어디일까. 병실 창문으로 눈이 시릴 정도의 뜨거운 햇볕을 바라보며 나는 생각했었다. 살릴 수 있을 거라는 희망과 어쩌면 엄마를 잃게 될지도 모른다는 절망 사이에서 흔들리던 시절이었다. 같은 병실에서 웃으며 과일을 먹던 40대의 환자가 며칠 사이 중환자실로 옮겨졌다. 키 크고 체격 좋은 20대의 환자가 맞은편에서 구토를 하고 쓰러졌다. 나랑 동갑인 한 환자는 이식 수술 부작용으로 통증이 너무 심해서 "진통제 좀 더 달라구요!"를 외치다 침대 위로 동그랗게 몸을 말고는 울었다. 소리 없는 아우성이란 게 이런 것일까. 엄마가 지쳐 잠들어 있으면 나는 병실 창문 멀리 다른 곳을 봤다. 강한 햇살 때문에 눈이 시려도 자꾸 창밖을 내다봤다. 그럴 때면 조금 눈물이 흘렀다.

그 시간에 기도라도 제대로 할 수 있었으면 좋았겠지만, 성당에는 제대로 나가지도 않으면서 어려울 때만 얌체처럼 하는 기도에 무슨 응답이 있을까 싶어 그마저도 하지 못했다. 대신, 엄마가 잠들어 있을 때면 돌아가신 김수환 추기경님의 책을 읽었다. 책을 읽는 것으로 기도를 대신하고 싶은 마음이었다. 그때 읽은 책 중 『바보가 바보들에게』를 아직도 가지고 있다. 책을 펴면 모서리를 작게 접어둔 페이지가 있다. 병원에서 나는 그 부분을 몇 번이나 다시 읽었었다.

1969년 8월.
로마의 베드로 대성전에서 서임식을 한 지
3개월밖에 안 된 마흔일곱의 젊은 추기경이
경기도 양평군 용문산의 청소년 수련원을 찾았습니다.
당시 학생들은 텐트를 치고 수련회에 참가하고 있었습니다.
하지만 수련회 기간 내내 장대비가 내려
학생들의 고생이 말이 아니었지요.
그때 마침 간이 막사에서
쏟아지는 빗줄기를 바라보며 생각에 잠겨 있던 추기경에게 여고 1학년 학생이 다가가 노트 위에 사인을 부탁합니다.

추기경은 빙그레 웃으며 이렇게 적었습니다.

"장마에도 끝이 있듯이 고생길에도 끝이 있단다."

당시 나를 힘들게 하는 많은 것들이 있었겠지만, 가장 두려웠던 건 이 아우성이, 이 고통이, 이 견딤이 언제 끝날지 모른다는 사실이었다. 앞을 알 수 없는 막막함이 무엇보다 무서웠다. 아마 그래서였을 것이다. "장마에도 끝이 있듯이 고생길에도 끝이 있단다"라는 짐짓 평범해 보이는 추기경님의 말씀이 단비처럼 느껴졌던 건.

몇 주 뒤 장마가 시작됐고, 쏟아지는 비를 보면서 나는 중얼거렸다.

그래. 비는 언젠가는 그치니까.

그해 여름, 엄마가 입원과 퇴원을 반복하는 동안 나는 여전히 흔들리고 갈팡질팡했지만, 마음 저 깊은 곳에서는 이 시간이 계속되지는 않을 거라는 믿음을 품고 있었다. 가을에 접어들면서 엄마는 망가진 골수가 살아나길 바라며 극심한 고통이 동반되는 조혈모세포 이식을 받았다. 결과는 실패로 돌아갔다. 몇 주 뒤,

우리는 의료진으로부터 암세포가 재발했다는 통보를 받았다. 그리고 한 달도 안 돼서 엄마는 세상을 떠났다. 비가 그친다는 것이 이런 것인가. 나는 조금 분개했던 것도 같다.

그런데 몇 년이 흐른 뒤, 그때를 돌아보면 가끔 이런 생각이 들었다. 어쩌면 엄마는 내 비를 빨리 그치게 해주고 싶었던 것이 아니었을까. 병약한 자신을 돌보느라 딸이 오래 고생하지 않았으면 하는 마음으로. 나는 어떻게든 엄마를 살려달라고 기도했지만, 엄마는 어쩔 수 없는 일이라면 가족들이 더는 힘들지 않게 해달라고 기도했던 것이 아닐까. 가파른 난간 위에 서 있는 것처럼 외롭고 무서울 딸 인생의 장마를 빨리 거두어가게 해달라고 바랐던 건 아니었을까. 내가 바라는 끝은 아니었지만 아무튼 끝은 찾아왔고 얼마간의 시간이 흐른 뒤 나는 예전과는 조금 다르지만 다시 나의 일상을 살아가고 있었다.

얼마 전, 아주 오랜만에 엄마가 꿈속에 나타났다. 엄마는 내게 가까이 다가와 한참을 바라보다 내 어깨를 보듬으며 말했다. 생전에 입술이 닳도록 내게 해줬던 그 말.

"우리 딸, 사랑해. 많이 사랑해."

이 글을 쓰고 있는 지금, 오빠한테 연락이 왔다. 이제 봄이고 하니 엄마 아빠의 묘지 봉분을 새로 쌓으면 어떻겠냐고, 그러면 묘지 앞 잔디까지 예쁘게 새로 깔 수 있다면서. 그러면서 오빠는 말했다. "우리 VIP라고 할인해 준다네. ㅋㅋ" 우리는 이렇게 묘지 이야기를 하며 'ㅋㅋ'를 할 정도가 되었다.

이제는 믿는다. 그것이 우리가 바라던 끝이 아닐지라도, 고통이 완벽하게 사라질 순 없다고 하더라도, 어떻게든 삶은 다시 우리를 살게 한다는 것을. 시련의 시간이 지나가고 나면 이전보다 단단하고 깊어진 나 자신을 느끼게 되는 날도 온다는 것을. 다시 장마가 찾아오는 날, 이 진실들을 복기하며 전보다 조금 더 그 시간을 잘 견뎌내보고 싶다.

너는 왜 사는 게 맨날 힘들어?

친구 희자와 나란히 걷던 정아가 휘청거렸다. 작은 웅덩이에 발이 빠져 무릎이 접힌 탓이었다. 한 걸음 내딛자 발목에 시큰하게 통증이 오는 걸 느꼈다. 희자는 얼른 근처 가까운 계단 한쪽에 정아를 앉혔다. "삐었나? 괜찮아?" 정아의 신발을 벗기고 발을 만져주는 희자의 손길이 조심스럽고 다정하다. "늙으니까 자꾸 다리에 힘이 빠지네." 정아의 목소리가 조금 서글프다. 정아를 다독이듯 희자가 말한다. 애들은 그런 것도 모르고 우리 늙은이들보고 정신 차리라고 그런다고. 그냥 나이가 그런 건데, 갓난쟁이들한테 말하듯 한다고. 네 마음 내가 다 안다는 듯한 표정으로 희자는 정아에게 말을 잇는다. "내가 힘이 있으면 업고 갈 텐데." 그러고는 가만히 정아 옆에 함께 앉는다. 문득 정아는 그런 생각이 든다. 늙은 친구랑은 되는 게 왜 남편이랑은 안 될까 하고. 지금처럼 힘들면 쉬어 가자 그러고, 다치면 조심하라 그러질 못하고, 왜 그랬냐고, 정신머리를 어따 팔아먹었느냐고 평생 쥐어박는 소리만 해대는 남편 홍을 슬쩍 보려는데 어쩐지 그것도 구차스러운 마음이 드는 정아다. 그런 정아 마음을 다 알고도 남는다는 듯 희자가 따뜻하게 웃으며 말한다. "욕해." 아픈 발목도, 나이 듦의 서글픔도, 남편에 대한 원망도, 어느새 바람처럼 쓱 지나간다. 내 속에 들어왔다 나온 것처럼 다 알아주는 친구가 있어서, 내 맘 같지 않은 육체를 이끌고 버티는 노년의 하루하루가 그래도 두 사람은 견딜 만해 보였다.

드라마「디어 마이 프렌즈」에서 정아와 희자의 우정 신이 나올 때마다 나는 마음 깊이 부러웠다. 한때는 전부였지만 이제는 연락조차 할 수 없는 어떤 친구들을 떠올리면 더 그랬다. 변해버린 마음을 세월 탓으로 돌려봐도 때때로 물리칠 수 없는 외로움 같은 것들이 내게도 있었기에 희자와 정아 할머니의 우정은 내게 부러움을 넘어선 동경 같은 것이기도 했다. 한편으론 궁금했다. 할머니가 되었을 때 내게도 저런 친구가 남아 있을까. 나는 누군가에게 저렇게 오랫동안 좋은 친구일 수 있을까. 저들은 어떻게

서로에 대한 따뜻하고 애틋한 마음을 그토록 오래 유지할 수 있었던 걸까. 긴 세월 동안 우정을 위협했던 크고 작은 일들이 그들에게는 없었던 걸까.

그럴 리가 없다고, 70년이 넘는 세월을 알고 지내면서 서로에게 상처를 준 순간이 없었다면 그건 판타지라고 나는 생각했다. 내 생각은 틀리지 않았다.

드라마의 후반부쯤 희자는 치매를 앓기 시작한다. 희자의 뇌가 의지로 통제할 수 없는 순간이 찾아온 어느 날, 가슴 속에 묻어두었던 해묵은 상처가 수면 위로 올라온다. 희자는 그날, 맨발로 집을 나서 어딘가를 하염없이 걷고 있었다. 늙은 희자가 발바닥이 부르트도록 걷고 또 걸었던 그곳은 젊은 희자가 죽은 아이를 업은 채 걷고 또 걸었던 고향길이었다. 아이가 죽었다는 걸 희자는 병원에 도착하고서야 알았다. 죽은 애를 업은 젊은 희자가 되어 고향길을 걷고 또 걷고 있는 희자의 모습을 보는 정아의 마음은 찢어진다. 그런데 정아를 발견한 희자의 표정이 예전과 다르게 아주 날카롭고 매섭다. 희자는 정아를 보자마자 입에 담지 못할 욕설을 내뱉으며 말한다.

희자　　　　내가 너한테 전화했지? 내 아들이 열감기인데, 도와

달라고! 약 먹어도 안 낫는다고, 무섭다고, 와달랬지? 왜 넌 맬 힘드니? 왜 넌 맬 힘들어서, 내가 필요할 땐 없어! 남편도 전화 안 되고, 그 밤에 얼마나 무서웠는데! 기껏 전화했드니, (버럭) 뭐 나보고 나도 힘든데 징징대지 말라고? 그러고 니가 전화 끊었지! 나는 너밖에 없었는데!

그제야 생각이 나는 정아는 희자를 보며 맘 아프게 운다. 정아의 눈물에 아랑곳없이 희자는 몇십 년 동안 한 번도 내뱉지 못한 말들을 다 쏟아낸다.

희자   왜 너는 맨날 지지리 궁상이야?! 왜 맨날 사는 게 힘들어! 그래서, 왜 내가 한 번도 맘 편하게 치대지도 못하게…… 내 아들 살려내. 내 아들 살려내. 내 아들 살려내. 이년아! 넌 친구도 아냐! 이 나쁜 년!

정아는 그때 희자를 2년 동안 보지 못했다. 지금은 차나 있지만, 그때는 가고 싶어도 그럴 수가 없었다. 먹고살기 힘든 시절이었다. 정아가 희자에게 달려가지 못했던 이유는 또 있었다. 정아는 그때 아이를 유산했다. 그 이야기를 정아는 희자에게 지금까지 한 번도 하지 못했다.

틀어지려면 얼마든지 틀어질 수 있는 일이었다. 어떤 인연들은 삶이 흔들리는 순간에 그렇게 멀어진다. 나는 도대체 너에게 무엇이었느냐며, 그동안의 시간과 마음을 모두 묻어버리며.

희자와 정아는 달랐다. 그들은 풀리지 않는 어떤 마음 때문에 함부로 인연을 내치지 않은 채 기다렸다. 매일 보던 시절도 있었고, 오래 보지 못하던 시절도 있었지만, 삶에 부대끼면 부대끼는 대로 멀어졌다 가까워졌다 하는 우정의 거리에 연연하지 않은 채 각자의 시간을 살면서 서로를 곁에 두었다.

정신이 돌아온 희자는 정아를 차마 볼 수가 없다. 정아는 희자의 마음을 알고도 남는다. 전번에 욕한 게 미안해 그러지? 대답 없는 희자에게 정아는 묻는다.

정아 너 전번 날 거의 매일…… 밤마다 성당에 기도 왜 갔어? 뭐 빌러 갔어?

희자 (찻잔만 보며) 주님하고 마리아님한테 용서하시라고…… 내가 애를 잘못 돌봤다고…… 너무 어려 그랬으니, 용서하시라고…….

54

정아	(눈가 붉어져, 따뜻하게 웃으며) 그때 너한테 못 간 내 죄도 좀 빌어주지.
희자	그랬어. 정아도 사는 게 힘들어 그런 거니 용서하시라고.
정아	그때, 나도 배 속 애가 유산돼서⋯⋯ 그래도 미안해. (희자의 머리 넘겨주며) 많이 미안해.
희자	(정아의 손 잡고, 가만 보며, 맘 아픈) 세상이 우리한테 미안해해야 돼.

　나는 그제야 이해했다. 그들의 우정이 왜 70년 넘게 이어질 수 있었는지. 그들은 이해할 수 없는 시간 앞에서 등을 돌리지 않았다. 상처받았다고 서로를 내치지 않았다. 대신 기다렸다. 지금은 알 수 없지만, 믿고 기다리다 보면 왜 그럴 수밖에 없었는지 알게 되는 날이 있을 거라고. 지난 시간 함께했던 크고 작은 추억과 기억이 그 시간을 견디게 해줄 수 있을 거라고 믿으면서.

　어쩌면 두 할머니는 긴 세월을 살아내며 알게 됐는지도 모른다. 우리가 서로를 잃지 않으려면 용서하고 또 용서하는 일밖에는 없다는 것을. 그것이 실은 누군가를 아끼는 진짜 마음이라는 것을 말이다. 그들이 그것을 해낼 수 있었던 것은 서로에 대한,

사람에 대한 연민이 있었기 때문이라고 생각한다. 누구나 저마다의 힘겨움이 있다는 것을, 모두 흔들리는 어깨로 살아간다는 것을 그들은 머리가 희어지고 주름이 늘어가며 배우고 또 배웠을 것이다.

걷다가 무릎이 꺾여 수시로 관절을 다치고, 숱 없는 머리에 주름진 얼굴이 거울을 볼 때마다 초라하게 느껴져도, 마음은 여전히 무엇이든 할 수 있을 것 같은데 육체가 통 따라가지 못하는 서글픔이 몰려와도, 나는 그들이 눈물 나게 부럽다. 많은 것을 잃어가면서도 상처를 견디고, 원망을 털어내고, 미움을 씻어내고, 서로를 용서하며 끝끝내 생의 가장 소중한 것을 지켜내는 할머니들이 너무 존경스러워서 자꾸만 눈물이 난다.

위기에 대처하는 우리의 자세

"회사 분위기가 좋지 않아."

남편이 톡을 보내왔을 때, 올 것이 왔구나 했다. 코로나로 인해 기업이 흔들리고 있다는 뉴스를 접하면서 몇 번 물은 적이 있었다. 당신 회사는 어때? 그때마다 남편은, 안 좋지 뭐, 짧은 대답만 하고는 긴 얘기를 하지는 않았었다. 이럴 때 아내인 내가 든든한 직장에 다니고 있어서, 내가 있잖아, 그깟 회사 당장 때려치워! 이렇게 말해줄 수 있었다면 좋았을 텐데 현실은 언제나 이상보다 남루한 법이어서 내가 했던 말은 고작 이런 것이었다.

"그렇구나……."

남편의 회사는 곧 구조조정을 시작했다. 회사의 모든 직원은 두 가지 중 하나를 선택해야 했다. 버티거나 나오거나. 오래 함께 일한 동료의 송별회를 하느라 남편이 늦게 돌아오는 날이 많아졌다. 늦은 밤, 아빠 왔다~ 하면서 현관문을 여는 그의 흔들리는 어깨를 보고 있자면 마음이 쓰렸다.

자정이 가까운 시간에 들어와서 쓰러져 잠이 들었다가도 새벽 다섯 시 반에 울리는 알람에 맞춰 기계처럼 일어나 새벽의 푸른 기운이 가실 때쯤 집을 나서는 일을 20년 가까이 해온 그였다. 지금 그는 그 시간을 어떻게 돌아보고 있을까. 더는 버티고 싶지 않은데, 딸린 식구들 때문에 혹시 모욕을 참아가며 견디고 있는 것은 아닐까. 그런 생각을 하면 화가 났다. 52시간 근무제가 도입된 이후에 남편의 회사는 대기업의 모범을 보여주겠다며 새로운 기업 문화를 이끌고 있다고 언론 플레이를 했었다. 현실은 당연히 달랐다. 그가 그 후로도 여전히 깨어 있는 아들의 얼굴을 보는 건 일주일에 두 번도 되지 않았다. 경험과 능력이 있다는 이유로 전 팀이 망쳐놓은 프로젝트를 자신에게 떠맡긴 회사에 불만을 갖고 있었으면서도 어떻게든 해결해보겠다며 백방으로 뛰어다니는 동안, 퇴근 시간이 되면 간부들의 비위를 맞추기 위해서 좋아하지 않는 음주에 동참하는 동안(건강한 체격의 그는 지방간 판정을 받고 위염을 달고 살았으며 비만지수는 점점 높아졌다), 능력 없는 상사에게 폭주하는 후배들의 불만을 다독이면서 어떻게든 팀을 잘 이끌어보겠다고 주먹을 쥐는 동안, 아이는 훌쩍 자랐고 그도 이제 더는 젊다고 할 수 없는 나이가 되어버렸다. 그의 곁에서 아내로서 그를 위해 해준 것은 별로 없지만, 그가 어떤 시간을 보냈는지 누구보다 잘 알고 있었다. 나는 위기라면 위기인 이 순간에 그가 좀 덜 힘들기를 바랐다. 열심히 살아온 세월 앞에서, 자신 앞에서 당당해졌으면 좋겠다고 생각했다.

"있지⋯⋯ 버티려고 너무 애쓰지 마. 당신의 가치를 알아주지 않는다 싶으면 과감하게 그만둬."

솔직히 조금 걱정은 됐다. 아이는 이제 초등학교 저학년이고 내가 쓰는 글들이 집에 가져오는 돈은 많지 않았다. 그렇지만 많이 불안하지는 않았다. 예전에 본 한 드라마 때문인지도 모르겠다. 회사를 그만둔 주인공이 엄마를 찾아간다. 표정이 좋지 않은 아들의 얼굴을 보면서 엄마가 무슨 일 있냐고 묻는다. "회사에서 잘렸어요." 그 말에 엄마는 안도하는 웃음을 지으며 이렇게 말해준다.

난 또 큰일이라고, 아프지 않고 다치지 않으면 큰일 아니야.

_드라마「스토브리그」

주인공의 동생은 야구를 하다 다친 뒤 하반신이 마비됐다. 그 충격으로 쓰러진 아버지가 병원 생활을 한 지도 오래였다. 그러니 엄마에게 아들이 회사에서 잘린 일 정도는 아무것도 아닌 거다. 크게 아프지만 않다면, 다치지만 않는다면 다른 건 다 괜찮다. 그 두 가지만 아니면 언제든 우리는 다시 시작할 수 있기 때문이다. 아픈 가족을 떠나보내 봤고 자주 아프기도 했던 나는 주인공 엄마의 말에 크게 동감했던 기억이 난다. 어수선한 분위기의 회사로 출근한 남편에게 나는 이 대사를 톡으로 보내며 말했다.

"당신이 부족해서 이런 상황이 일어난 게 아니잖아. 자존감을 잃으면 안 돼."

답장으로 엉엉 우는 어피치 이모티콘을 보낸 그에게 언젠가 책을 보며 메모해두었던 글을 보내주었다.

일은 내가 아니다. 일은 무너져도 나는 무너지지 않는다.

_『리부트』, 김미경

그러면서 언젠가 봤던 그의 사주를 장난처럼 들먹이며 말했다.

"당신 중년 운과 말년 운이 좋다고 한 거 기억하지? 상사 복 없는 것도 딱 맞혔던 그 사주. 인생 뭐 있냐. 흘러가는 대로 사는 거지. 일이 없어지면 잠시 쉰다고 생각하고. 누가 알아? 더 좋은 일이 생길지."

개인의 힘으로 바꿀 수 없는 일들에 동동거리느라 에너지를 다 뺏기지 않았으면 했다. 삶의 무게가 우리를 짓누를 때, 억지로라도 더 가벼워져야 한다고 생각했다. 해내면 좋은 거고, 안 되면할 수 없는 거고, 하는 마음. 나는 그것이 인생을 대하는 담대함이라고 생각한다. 그 담대함에 농담과 희망을 섞을 수 있다면 더좋을 것이다. 그래서 나는 조금 허세를 부렸다.

"이참에 내가 베스트셀러 한번 내보지, 뭐!"

그래도 그의 어깨는 무거웠을 것이다. 그 맘을 모르지 않아서이 말을 해주고 싶었다.

"당신만 생각해. 당신이 제일 행복하고 편한 길. 당신이 행복해야 나도 우리 J도 행복해."

하나 더, 남편에게 해줄 말이 있었다. 언젠가 돌아가신 엄마가아빠에게 전해주었던 그 말.

"당신이 괜찮으면 나도 J도 괜찮아."

몇 주 뒤, 놀이터에서 뛰어놀고 있는 아이를 지켜보고 서 있는데 남편에게 전화가 왔다.

"사표 냈어."

그날따라 놀이터의 햇살이 눈부셨다.

"잘했어. 그동안 애썼어."

몇 주 뒤, 마지막 출근을 하고 있을 그에게 톡을 보냈다.

"새벽같이 매일 출근하는 동안 아무것도 못 챙겨주고 미안. 이제 좀 쉬면서 건강해지자. 얼마 안 되지만 자기 통장으로 아내표 퇴직금 넣었어. 쉬면서 하고 싶었던 거 하셔."

그의 통장으로 100만 원을 송금한 뒤, 아끼는 노래 한 곡을 링크해주었다.

그럴 수 없이 사랑하는 나의 벗 그대여

오늘 이 노래로 나 그대를 위로하려 하오

하루하루 세상에 짓눌려 얼굴 마주 보지 못해도

나 항상 그대 마음 마주 보고 있다오

겨를 없이 여기까지 오느라

손 한 뼘의 곁도 내어주지 못해

불안한 그대여

나 그대 대단치 않아도 사랑할 수 있다오

_「그대에게」, 강아솔 노래

그동안 아이를 핑계로 남편의 힘든 시간을 들여다보지 않았던 아내의 죄책감을 이 노래로 퉁치고 싶었다.

남편은 퇴근 무렵, 마지막 짐을 정리한 뒤 회사를 나오며 내게 전화를 걸었다. 그의 목소리가 조금 떨렸다. 직원들과 마지막 회식을 하고 돌아온 그의 손에는 회사에서 준 묵직한 감사패가 들려 있었다. 이제 와서 이딴 걸 주면 뭐 하나 싶은 마음에 갑자기 화가 치밀었다. 여태껏 세상 좋은 아내인 척하던 나는 다시 쌀쌀맞은 아내로 돌아와 소리쳤다.

"이까짓 게 뭐라고 안 버리고 들고 왔어. 당장 버려!"

그러자 그가 조금은 서글픈 목소리로 말했다.

"어어, 나중에 버릴게. 조금만, 조금만 더 뒀다가⋯⋯."

그렇게 말하는 그의 목소리가 안되고 외롭게 느껴져서 나는 그를 두고 방을 나와버렸다.

그가 회사에서 가져온 짐들을 정리하는 동안 그런 생각을 했다. 수많은 삶의 공통점이 있다면 어느 순간 누구에게나 위기와 고통이 찾아온다는 게 아닐까 하고. 그것을 견뎌내고 버티며 다시 길을 찾으려면 우리에게 무엇이 필요할까.

나는 이성복 시인이 글을 쓸 때 염두에 둔다는 세 가지를 떠올렸다. 진지함, 장난기, 측은함. 문제를 진지하게 인식하면서도 낙천성이 담긴 유머를 잊지 않으며 어쩔 수 없는 상황에 놓인 우리를 연민할 수 있다면 우리는 다시 찾아온 위기의 순간도 잘 통과할 수 있지 않을까.

그가 사표를 던지기 전에 내가 보냈던 메시지처럼 그는 일이 무너졌다고 자신을 무너뜨리는 사람은 아니었다(가끔은 너무 태평한 그가 신기했지만). 한동안 집에서 쉬던 남편은 요즘 공유 오피스를 하나 계약해서 회사를 다닐 때부터 구상하던 작은 사업을 구체적으로 실행하려고 준비 중이다. 그와 함께 헤드헌터의 전화를 받으며 이력서를 넣는 일도 틈틈이 하고 있다(사업을 준비하고 있지만, 어떤 기회가 올지 모르기에). 다행히 그는 크게 불안해하지 않으며 담담하게 이 시간을 보내는 것 같다. 아니, 평소에 하고 싶었던 일들(골프와 넷플릭스 등등)을 잘 즐기고 있는 것도 같다. 시간이 여유로워진 남편은 자주 아이와 자전거를 타러 나가고, 밤이면 아이를 맡아서 재워주었다. 회사를 다니면서 엉망이 된 몸을 챙기기 위해 저녁을 먹은 뒤에는 빠짐없이 한 시간에서 두 시간씩 걸었다. 남편은 운동을 하고 돌아올 때면 아이가 좋아하는 간식을 등 뒤에 숨긴 채 아이에게 말한다.

"아빠가 뭐 사 왔게?"

항상 엄마가 좋다던 아이는 요즘 자주 말한다.

"엄마, 나 이제 아빠가 엄마보다 더 좋아."

아이가 자는 모습을 보며, 많이 컸구나, 혼잣말을 하던 남편은 이제 아이가 가장 친한 친구가 누구인지, 어떤 과목을 제일 좋아하고 싫어하는지 잘 아는 자상한 아빠가 되어가는 중이다. 창가에서 두 사람이 눈사람을 만들고, 자전거를 타는 뒷모습을 보면서 흔하게 들었던 옛말을 생각했다. 세상에 나쁘기만 한 일은 없다. 하나를 잃으면 하나를 얻는다.

어른들 말은 하나 틀린 게 없구나, 실감하면서도 현실은 현실이기에 불쑥 남편에게 떨었던 허세를 다시 생각하는 것도 사실이다. 정말이지 이번 책은 좀 많이 팔려줘야 할 텐데.

사랑하는 이의 부재를 견디게 하는 것들

　국문학을 전공한 J는 친가에 갈 때면 가끔 아버지의 서재에 들른다고 했다. 서재에는 자신이 어릴 때 봤던 책들이 아직 그대로 있어 추억에 빠지기 좋았다. 마음이 편안해지는 종이 냄새를 맡으며 아버지가 책을 읽으시던 모습을 떠올릴 때도 있었다. 한번은 서재에서 책 한 권을 빼 읽다가 페이지가 군데군데 접혀 있는 것을 발견했다. J는 그것이 아버지가 읽으시다 접어놓은 거라는 걸 금방 알아챘다. J는 그 페이지를 오래 들여다봤다. 아버지가 이 페이지를 읽으며 어떤 생각을 하셨을지 어떤 기분이었을지 짐작하고 싶었으니까. 10년도 훨씬 전에 아버지가 이 책을 읽던 순간을 그리면서 아버지의 마음을 짐작하던 그 시간을 J는 오래 기억할 것 같았다. 그러나 J는 그 마음을 굳이 아버지한테 전해드린 것 같진 않았다. 이 이야기를 내게 전해주던 J는 끝에 이렇게 말했다.

"굳이 그 페이지를 펴지 않았어요. 나중에 다시 보고 싶을 것 같아서……."

언젠가 다가올지도 모를 소중한 사람의 부재를 상상하는 J의 목소리는 조금 애잔했다.

얼마 전 이삿짐을 정리하다 엄마의 기초 영어 교재와 영어 노트 몇 권을 발견했다. 오래전 엄마가 보내준 메일을 통해서 알고는 있었다. 엄마가 구청 문화센터에 등록해서 매주 영어 수업을 들은 적이 있다는 걸. 노트를 펼치니 연필로 또박또박 쓰인 기초 영어 단어들이 빼곡하게 페이지를 채우고 있었다. 노트 맨 위에 적힌 날짜를 보다 이때가 언제인지를 짐작하고는 조금 울컥했다. 엄마가 가슴을 여는 대수술(심장 수술)을 마치고 난 몇 달 뒤였다. 생명이 위태로웠던 삶의 고비를 몇 번 넘기면서 엄마는 매일 찾아오는 오늘이 당연한 것이 아님을 알았다. 하고 싶은 것을 더는 미루고 싶지 않았을 것이다. 엄마는 가까운 문화센터에서 배우고 싶었던 강좌 두 개를 찾아 등록했다. 하나는 영어였고,

또 하나는 컴퓨터였다. 그즈음 엄마는 컴퓨터 수업 때 배운 대로 메일 계정을 만들어 종종 내게 메일을 보내주곤 했다. 그때 보내준 메일을 출력해서 지금도 가끔 꺼내본다. 엄마가 서툰 독수리 타법으로 딸에게 전한 마음들은 밝고 따뜻했다. 딸, 우리보다 어려운 사람들이 얼마나 많아, 항상 우리가 누리는 것들에 감사하자. 딸의 전화에 뭉클해져서 전해준 진심은 아직도 나를 버티게 한다. 전화했다며? 우리 딸 없었으면 사는 게 얼마나 삭막했을까. 온 힘을 다해 키워놓고도 더 줄 수 없어 안타까워하던 엄마를 생각하면 지금도 마음 아프다. 더 해주고 싶었던 게 많았던 엄마 마음을 우리 딸은 알까? 사랑 가득한 메일을 뒤늦게 뒤져보지만, 엄마가 왜 영어를 그토록 배우고 싶었는지에 대한 내용은 없다. 그때 왜 나는 묻지 않았을까. 엄마, 왜 영어를 배우고 싶었어? 영어 배우는 거 머리 아프고 힘들지 않아? 선생님은 친절해? 같이 배우는 분들은 어떤 분들이야? 친해진 분들도 있어? 엄마는 머리가 좋으니까 금방 배울 거야. 필요한 게 있으면 나한테 말해. 멋진 영어 동화책이 정말 많은데, 내가 하나 선물해줄까? 그 어떤 말도 나는 묻지 않았고 하지 못했다.

사랑하는 사람이 떠나고 가장 견디기 힘든 일 중 하나는 그에게 어떤 것도 물을 수 없다는 것이다. 미치도록 알고 싶어서 묻고 또 묻는 일은 오직 마음 안에서만 할 수 있다. 남겨진 흔적을 가만히 보듬으면서. 그 질문이 허망하지 않도록 내가 할 수 있는 일은 그때의 엄마를 열심히 상상하고, 그때의 엄마가 되어보는 일뿐이다. 엄마가 영어 노트에 꾹꾹 힘주어 쓴 글씨는 어디 한군데 흐트러진 데 없이 반듯하고 정갈하다. 영어 노트 줄에 맞춰 쓴 알파벳 하나하나를 보며 새삼 깨닫는다. 엄마가 얼마나 성실한 사람이었는지. 영어라는 숙제를 얼마나 잘 해내고 싶었는지. 쉰아홉 살의 엄마는 'How's the weather?'와 'Do you like watch music show?'를 배우며 어떤 생각을 했을까, 나는 열심히 생각한다. 여행을 좋아하는 엄마는 여행을 떠나서 누군가와 금세 친구가 되는 상상을 했을지도 모른다고. 손주들이 자랐을 때 이 정도 영어는 하는 할머니가 되고 싶었을지 모른다고.

엄마의 물건들을 정리해놓은 박스에서 발견한 이 노트들을 지금은 내 책꽂이 한편에 잘 꽂아두었다. 나는 엄마에게 묻지 않은 벌로 이 노트를 오랫동안 자주 들여다볼 생각이다. 삶이 시들해질 때마다, 무언가 애쓰는 일에 진력이 나려고 할 때마다, 나이 탓을 하며 다시 꿈을 꾸는 일을 부끄러워하는 나를 발견할 때마다 나는 엄마의 영어 노트를 펼칠 것이다. 그러면 엄마는 딸에게 벌을 주는 대신 여전히 다정한 목소리로 말해주겠지. 새로 무언가를 배운다는 것은 얼마나 설레는 일이냐며. 어쩌면 네가 힘들어하는 그 일이 누군가는 절실히 하고 싶은 일이었을 수도 있다며. 언제나 그랬듯 나를 격려하고 다독이리라는 것을 안다.

그날, J에게 아버지 얘기를 듣던 그때, 이런 이야기들을 전하지는 못했다. 뒤늦게 나는 J에게 전하고 싶다. 아버지가 곱게 접어놓은 페이지들을 보물찾기 하듯 찾아서 다 읽어보라고. 그런 다음, 아직 곁에 계신 아버지께 가서 책 속의 그 부분들에 대해 함께 이야기를 나누었으면 좋겠다고. 아버지가 왜 그 부분을 접어두셨는지, 아직도 책의 그 내용을 기억하고 계신지. 아버지가 책을 읽던 그 시간은 어떤 시간이었는지. 그때 나는 얼마나 어렸는지. 내게 권해주고 싶은 다른 책은 없는지. 묻고 답하며 많은 이야기를 나눴으면 좋겠다.

아빠가 돌아가시기 한 달 전, 어느 벤치에 앉아서 나눴던 이야기들이 가끔 생각난다. 삶에 대한 애착과 죽음에 대한 두려움, 이제 두 살이 된 외손주에 대한 사랑을 벚꽃 흩날리는 벤치에서 담담히 얘기하던 아빠를 생각할 때마다 가슴 아프지만, 아빠가 그런 얘기를 할 수 있어서 다행이었다고 생각한다. 아빠가 생의 외로움과 두려움을 혼자 짊어지지 않고 조금이나마 털어놓을 수

있었던 그 시간을 생각하면 조금 안도하는 마음이 된다. 아빠의
마음을 짐작하지 않고 나눌 수 있었음에 감사한다.

　생각하면 생각할수록 확신하게 된다. 우리가 막을 수 없는 사
랑하는 이의 부재를 견디게 하는 것은 '함께 나눈 이야기'들이라
는 사실을. 그리운 이들과 함께 나눈 이야기와 나누지 못한 이야
기들이 내 삶이 되리라는 것을.

견디는 일을 멈춰야 하는 순간

여름에서 가을로 넘어가던 어느 날, 기분 전환을 위해 미용실에 갔다가 충격에 빠지고 말았다. 샴푸 후 드라이를 해주던 헤어디자이너가 드라이어를 끄더니 조심스럽게 이렇게 물었던 거다.

"혹시…… 알고 계셨어요? 뒤통수 가르마 아래에……"

"네? 뭐요? 저 모르는데, 뭐 있어요?"

그는 말을 잇는 대신 내가 앉은 의자를 돌려 뒷거울에 비친 뒤통수를 조용히 보여주었고, 나는 '헉' 소리를 내고 말았다. 정수리 가르마 아래쪽에 난 100원짜리 동전만 한 땜통. 원형 탈모였다. 말을 잇지 못하는 내게 디자이너가 말했다.

"스트레스 많이 받으셨나 봐요."

나는 매끈거리기까지 하는 야속한 땜통을 만지면서 울 것처럼
말했다.

"저 이제 어떡해요?"

　충격(전체적인 탈모는 몇 번 경험했지만, 원형 탈모는 처음 겪는 일이
었다)을 끌어안고 집에 와 뒤통수를 다시 거울로 확인하는데, 나
에게 화가 나면서도 한편으로 미안했다. 원형 탈모를 발견하기
전부터 컨디션이 조금씩 떨어지고 있는 걸 나도 느끼고 있었다.
코로나 19가 터지면서 아이는 초등학교 입학식조차 치르지 못했
다. 며칠만 있으면, 몇 달만 있으면 괜찮아지겠지, 싶었지만 아이
는 한 해 동안 거의 학교에 가지 못했다. 학교 수업은 온라인 수
업으로 대체됐지만, 실은 그건 온라인 수업이 아니라 '엄마 수업'
이었다. 아이를 깨워서 아침을 먹이고 컴퓨터를 켜서 책상에 앉
히는 것부터 동영상 수업을 틀어주고 집중시키는 것, 학교에서
내준 과제를 하나하나 봐주고 같이 하는 것 모두. 수업이 얼추 끝
나고 나면 금방 주방으로 가서 아이의 점심을 차렸다. 먹은 걸 치
우고 나면, 아이의 학습이 혹시나 처질까 싶어 문제집을 꺼내 풀
게 한 뒤 채점을 했다. 한창 친구들과 어울리며 즐겁게 학교 생활
을 해야 할 아이가 집에 갇혀 지내는 걸 보는 것도 마음이 편치
않아 하루에 한 번씩이라도 아이를 놀이터로 데려갔다(엄마들은

이 순간을 벌 선다고 표현한다. 아이들이 뛰어노는 동안 계속 서 있는 노동을 해야 하므로). 돌아와 잠시 TV를 틀어주고 한숨을 돌리면 금방 또 저녁 할 시간이 다가왔다. 코로나로 생긴 신조어 '돌밥(돌아서면 밥때)'의 스트레스에서 나도 자유롭지 못했다.

온종일 아이를 위해 시간을 쓰면서도 아무것도 해주지 못하고 있다는 불안감은 스트레스로 이어졌다. 아이가 학교를 가지 못하게 되자 나만의 시간은 1분도 내기 어렵게 되었다. 글 쓰는 작업은 아이가 TV를 보고 있을 때나 가능했다. 시끌벅적한 만화 주인공의 목소리를 들으면서, 몇 분에 한 번씩 엄마를 부르는 아이에게 대답을 해주면서 작업을 하는 일은 거의 불가능했다. 아이를 재운 뒤 책상 앞에 앉으면 어깨가 뻐근했고 온몸은 두들겨 맞은 것처럼 욱신거렸다. 몸은 그렇게 조금씩 신호를 보내기 시작했다. 처음에는 잦은 몸살이 시작됐다. 그럴 때면 얼른 진통제 하나를 입 안에 털어 놓곤 했다. 다음으로는 위염이 도졌고, 언젠가부터는 잠이 안 오기 시작했다. 몸은 고단해 죽겠는데, 자리에 누우면 이상하게도 정신이 너무 또렷해졌다. 해야 할 일들, 하고 싶은 일들이 내 머릿속을 어지럽혔고 새벽녘이 되어서야 지쳐 잠이 들 수 있었다.

그러던 어느 날, 아침에 일어나니 잠을 잘못 잔 것처럼 어깨와

목이 심하게 아팠다. 고개를 돌리기만 해도 심한 통증이 왔다. 파스를 붙이면 조금 나아질까 싶었는데, 몸이 약해진 건지 평소에는 괜찮던 파스의 소염 성분이 피부에 알레르기를 일으켜 파스 붙인 자리마저 화상을 입은 것처럼 벌게졌다. 급기야는 피부가 벗겨졌다. 어깨 통증을 참으면서 새 책의 초안과 이사 준비를 함께 했다. 남편까지 회사를 그만둬야 할 상황이 오게 되면서 고민은 더해졌다. 모두 내가 할 일이었고, 해야만 하고, 감당해야 하는 일이었다. 힘이 들었지만, 이 정도 안 힘든 사람이 어디 있나, 지금 모두 힘든 시간이지, 견뎌야 한다고 생각했다. 참는 동안 어깨 통증과 몸살은 더 심해졌고, 급기야는 한쪽 팔꿈치와 손끝까지 저린 증상이 나타나기 시작했다. 컴퓨터 작업과 책을 보는 일이 직업인지라 자주 어깨 통증으로 고생을 했지만, 손이 저린 증상이 나타난 건 처음이었다. 인터넷 검색을 해보니 목디스크가 심해지면 나타나는 증상이라고 했다. 급한 대로 동네 한의원을 찾아갔다.

"일자목에서 거북목으로 진행 중이네요. 보세요, 여기 승모근이 보통 사람은 이 정도까지 튀어나와 있지 않아요. 하루 이틀 만에 이렇게 된 게 아닙니다. 이건 10년, 20년 동안 진행됐다고 봐야 해요. 몸의 잘못된 자세가 오랜 시간이 흐르면서 굳어진 거죠.

그런 만큼 금방 낫지 않을 거예요."

그의 말처럼 어깨는 금방 낫지 않았다. 저린 증상은 심해지기
만 했다. 그러던 차에, 이제는 원형 탈모까지 발견한 거다. 더는
안 되겠다 싶어 나는 장금이 선생님(몸이 심하게 힘들 때 종종 찾아
가던 한의사 선생님의 별명)을 찾아갔다. 장금이 선생님은 스트레
스 검사와 간단한 피검사를 한 뒤 나의 전반적인 몸 상태가 어떤
지를 체크했다. 스트레스 저항력은 바닥이었고, 심장은 과부하
상태였으며, 몸의 지지대 역할을 해주는 부신 기능도 극도로 저
하되어 있었다. 부족한 에너지를 어떻게든 끌어올려 쓰다 보니
각성 상태가 되어 불면증까지 온 상태였다. 목디스크도 없는 에
너지를 쥐어짜내다가 몸의 활이 하나 튕겨 나간 것이라고 했다.

"더 견디거나 참으시면 안 돼요. 중년의 나이는 할 일이 정말
많죠. 위로는 부모님을 보살펴야 하고 아래로는 자식들 건사해
야 하고, 또 사회적으로 한창 중요한 일들을 해나갈 나이죠. 그래
서일까요? 이때 많이들 쓰러지세요. 나만 견디면 괜찮겠지, 조금
만 참으면 되겠지, 하다가. 그런데, 그게 그렇지가 않아요. 절대로
그게 모두를 위한 일이 아니에요."

이만한 나이쯤 되고 보니 30, 40대에 쓰러지거나 돌연사를 한
지인들 소식을 듣게 된다. 전해 듣는 이야기 속에 자주 듣게 되는

가슴 아픈 말은 이거였다. 되게 힘들었다고 하더라고. 그런데 그걸 그렇게 혼자 견뎠나 봐.

나는 그녀의 말에 고개를 끄덕였다. 무슨 말을 하는지 이해할 것 같았다. 한편으로는 창피한 생각도 들었다. 이 정도 나이를 먹었으면서도 여전히 자기 관리가 안 되는구나. 그런 나를 다독이듯 장금이 선생님이 말했다.

"그래도 몸이 사인을 보내왔으니 얼마나 다행이에요. 몸이 보내는 신호를 무시하지 않고 돌아보신 거잖아요. 이제 바닥을 쳤으니 올라가면 돼요. 천천히 몸을 돌보면서 회복하면 되죠."

한 번의 대형 사고가 일어나기 전에 스물아홉 번의 작은 사고가 일어나고, 그전에는 삼백 번의 사소한 징후가 나타난다(미국의 한 보험회사 관리자가 만든 산업재해 관련 하인리히 법칙)는 얘기를 들은 적이 있다. 내 몸은 위염으로, 불면증으로, 목디스크로, 원형 탈모로 계속해서 신호를 보내고 있었다. 사고가 나기 직전이라고. 그러니 이제 멈추라고. 견디는 걸 제발 멈추라고. 이제 제발 턴을 하라고.

어렸을 때부터 나는 잘 참는 아이였다. 아주 어린 꼬마 시절, 주사를 맞을 때마다 '악' 소리 한 번을 내지 않아 항상 놀라움이 섞인 칭찬을 받았다. 착한 아이는 불평하거나 투정하지 않는다고,

그러면 엄마가 힘들 테니까 잘 참아야 한다고 생각했던 걸까. 남편과 데이트를 하던 시절, 차 문에 손이 끼었던 적이 있다. 그때도 소리를 지르는 대신 차 문을 몇 번 두드리는 것으로 고통을 호소했다. 남편은 그런 나의 참을성을 무서워했다. 아이 때는 사랑받고 싶어서 참았고, 어른이 되고서는 참는 게 어른답다고 생각했다. 고통을 잘 견디는 게 마치 성숙한 어른인 것처럼 말이다. 그런 내게 장금이 선생님은 말했다.

"견디기만 하는 건, 결국 모두를 불행하게 만들어요."

내 삶을 정상적으로 영위하기 위해, 또 사랑하는 이들과 함께 살아가기 위해 나는 지금까지의 태도와 자세를 버려야 한다는 걸 제대로 통감했다. 이후 나는 장금이 선생님의 조언대로 너무 애쓰지 않으려고 필사적으로 노력했다. 나를 위해 보약을 짓는 것을 아까워하지 않기로 했고, 피곤할 때 아이에게 TV를 틀어주고 잠시 침대에 눕는 것에 죄책감을 느끼지 않기로 했으며, 기운이 부족할 때에는 배달 음식을 한 번씩 시키기로 했다. 어지럽혀진 집을 치울 기운이 나지 않으면 '다들 이 정도는 어지르고 살 거야' 너그러운 자세를 취했다. 고맙게도 비명을 질러준 내 몸에도 신경을 썼다. 내 잘못된 자세를 기록하고 기억하는 목디스크를 위해서 수시로 돌 지난 아이처럼 '도리도리'를 했고, 생각이 날 때마다 닭이 날개를 펴듯 고개를 젖힌 채 팔을 들어올려 가슴을 펴는 자세를 반복했다. 글 쓰는 작업을 할 때는 노트북을 받침대에 올려 시선을 항상 어깨 높이 이상으로 두려고 노력했다.

내가 잘못 보낸 시간에 대한 보복처럼 나타난 이런저런 질환을 겪으면서 나는 다시 한번 절감했다. 하루하루 이어지는 작은 습관과 생각들이 삶의 지형을 바꾼다는 것을.

노력하고 있지만, 그래도 아직은 부족하다. 나만의 시간은 언제나 부족하고 해야 할 일들은 많아 자꾸 늦게 잠자리에 들고, 수시로 찾아오는 인생의 고민을 마주할 때면 식음부터 전폐하려는 성향도 여전히 강하고, 해내야 하는 일들과 마음 같지 않은 상황 앞에서 동동거리느라 진을 빼는 일도 계속이다. 그럴 때마다, 기억하려고 한다. 근위축증이라는 시한부 선고에도 불구하고 눈부신 과학적 성과를 이뤄낸 스티븐 호킹이 했던 말. 그가 그 어려운 상황 속에서 자신이 해낸 많은 일들 가운데 가장 자랑스러워 한 일은 '빅뱅'이론도 '블랙홀' 이론도 아니었다.

내가 이룬 가장 큰 업적은 아직 살아 있는 것이다.

나에게, 나를 사랑하는 이에게, 내가 사랑하는 이에게 줄 수 있는 가장 큰 선물은 그 무엇보다 '살아 있다는 것'이라는 걸 잊지 않으려고 한다. 제대로 건강하게 '살아 있기' 위해서, 때때로 나를 힘들게 하는 것들을 최대한 중단하고 막아가면서 살아야지 다짐한다. 견디는 일을 과감하게 멈추기로 약속한다.

원형 탈모를 발견한 지 5개월이 지났다. 나를 충격에 빠뜨렸던 동전만 한 구멍은 다행히 솜털 같은 짧은 머리카락들로 빽빽하게 채워졌다.

잘 자고 잘 먹고 잘 쉬는 일에 대하여

특별한 일이 없는 한 매일 걸으려고 노력 중이다. 윤동주 언덕을 지나 서촌으로 향하기도 하지만 주로 동네에 있는 백사실 계곡으로 간다. 쉬지 않고 걸어 올라가 10분쯤 나무 사이에 앉아 있다. 다시 쉬지 않고 내려오면 50분 정도가 걸리는데 땀도 살짝 나는 것이 운동한 느낌이 좀 난다.

예전엔 원고가 끝나지 않거나 섭외가 안 되면 다른 일로 넘어가지 않았는데(그게 밥이든 잠이든 쉼이든) 이젠 그런 상황에서도 탁 노트북을 덮고 운동화를 신고 집 밖으로 나가게 된 것 같아 그게 좀 만족스럽다.

_ 방송작가 K의 인★그램 중에서

K는 1년 전 매일 숨 가쁘게 돌아가는 시사 프로그램을 그만두었다가 얼마 전 다시 일을 시작했다. 프로그램 제작을 위해 섭외를 하고 구성을 하고 원고를 쓰지만 2주에 한 번 제작되는 코너를 맡았기에 예전처럼 정해진 시간에 출근해서 늦은 밤까지 일을 하지는 않는다. 대신 재택근무를 한다. 이전의 일상이 타의에 의해 돌아갔다면 요즘의 일상은 자의에 의해 돌아간다.

24시간이 On-Air 위주로 돌아가던 시절에서 빠져나와 시간을 다시 짜는 일이 처음에는 쉽지 않았다. 몸에 밴 습관들 때문에 그랬을 것이다. 무겁게 자신을 짓누르는 일들에 최대한 몰입하다 보면 다른 일들엔 늘 소홀해졌다. 특히 밥을 먹고 잠을 자고 쉬는 일이 그랬다. 매일 결과가 보이는 일을 자신이 해냈다는 것이 뿌듯했지만, 퇴근하고 집으로 돌아가는 길이면 자꾸 먼 데를 쳐다봤던 건 그 때문이 아니었을까. 한숨처럼 새어 나오는 질문을 혼잣말로 했던 적도 있었을 것이다. 나, 잘 살고 있는 건가.

K는 어느 날, 매일 출근해야 하는 일을 접고 제주도로 떠났다. 초록의 세상 속에 예쁘게 자리 잡은 2층 집에 연세살이를 계약했고, 친구와 함께 살기 시작했다. 그곳에서 K는 늘 사 먹던 밥 대신 자신이 손수 지은 밥을 먹었고, 그동안 필름 카메라로 찍은 세상을 차곡차곡 모아 사진집 작업을 하고, 다큐멘터리 방송 원고

를 쓰고, 작은 오토바이를 사서 바닷가로 드라이브를 나갔다. 그러다 얼마 전부터 2주에 한 번 제작하는 인터뷰 프로그램을 맡게 되면서 제주와 서울 집을 오가게 됐다. 다시 일을 시작하면서 K는 다짐했다. 이번에는 자신의 일상을 잘 지키겠다고. 일에 매몰돼서 내 일상을 하찮게 여기지 않겠다고. 인★그램에 들어갔다가 K의 근황을 보고는 칭찬해주고 싶어졌다. 그가 잘 해내고 있는 그 일들은 내가 여전히 잘 해내지 못하고 있는 일이었기에 더 그랬다.

나는 작업을 하면 몰입은 잘하는 편이다. 타고난 것도 있겠지만, 10년 넘게 생방송 프로그램을 꾸려갔던 시간이 나를 그렇게 만든 부분도 있다. 정해진 시간 안에 어떻게든 아웃풋이 나오려면 최대한 몰입을 하는 것밖에는 답이 없었다. 원하는 답을 만나기 전까지는 밥을 먹는 일도, 쉬는 일도, 자는 일도 제대로 이뤄지지 않았다. 하나의 일을 제대로 끝내기 전에는 다른 것을 할 짬을 내지 못했고, 그럴 생각조차 하지 못했다. 당시의 나는 몰입해 있는 일만이 가치 있고 나머지는 부수적인 일이라며 하찮게 여겼던 것도 같다. 그런 탓에 일의 결과물은 나쁘지 않았을지 모르겠지만, 나의 몸은 상대적으로 나빠졌다. 두통이 잦았고, 제2의 뇌라는 위장은 자주 탈이 났다. 방송 일을 그만둔 후에는 주로 책 작업을 이어왔는데, 따로 출근 시간이 없었는데도 한번 쓰기 시작하거나 생각에 빠지면 일상에 소홀한 태도는 여전했다. 약한 체력과 멘탈을 가지고 있으면서도 내 몸을 돌보는 일, 내 깜냥을 알고 내 마음을 달래며 일상을 잘 꾸려나가는 일에는 무관심한 편이었다. 인생 뭐 있나, 말로는 해탈한 척, 대범한 척하면서도 나는 항상 일과 일상을 조율하는 데 실패했다. 그 모든 게 몰입하는 성격 때문이라고 핑계를 댔다.

그러다 K의 글을 읽으며 이도우의 소설 『날씨가 좋으면 찾아가겠어요』의 한 장면을 떠올렸다. 시골 마을의 낡은 기와집에 자리한 작은 서점 '굿나잇 책방'을 운영하는 주인공 은섭에게 오랜만에 만난 은영이 묻는다. 책방 이름이 왜 굿나잇이냐고. 은섭의 대답은 다정다감하면서도 평화롭다.

글쎄…… 잘 자면 좋으니까. 잘 일어나고 잘 먹고 잘 일하고, 쉬고, 그리고 잘 자면 그게 좋은 인생이니까.

인생이 그게 다냐고 묻는 은영에게 은섭은 말을 잇는다.

그럼 뭐가 더 있나? 그 기본적인 것들도 안 돼서 다들 괴로워하는데.

사는 일이 힘들게 느껴지던 많은 날을 생각해보면 그랬다. 나는 일은 잘했을지 모르지만, 잘 먹지 못했고, 잘 쉬지 못했고, 잘 자지 못했고, 잘 일어나지 못했다. 몰입한 일들에서 빠져나오지 못한 채 기본적인 생활들을 잘 해내지 못해 괴로워했다. 그러면서도 무언가 대단한 일을 해야 한다며 지금 여기가 아닌 딴 곳을 바라봤다. 딴생각이 들면 나를 다그쳤다. 이 정도는 견뎌야지, 엄살 피우지 마. 몸과 멘탈이 한계를 느끼며 비명을 지르면 짜증을 냈다. 나는 도대체 왜 이렇게 약해빠진 걸까.

그런데 이제 그런 생각이 든다. 사는 게 유독 힘들게 느껴졌던 건 삶에서 가장 중요한 일들을 소홀히 했기 때문은 아닐까.

제주도로 K를 찾아갔을 때 K는 꽤 많은 요리를 내게 해주었다. 직접 갈아준 토마토 주스, 단호박과 당근을 둥글게 썰어 넣어 당면을 넣고 끓여줬던 찜닭, 개운하고 깔끔했던 오이미역냉국이 지금도 가끔 생각난다. 저녁을 먹고 나면 K는 내 아이를 오토바이 뒤에 태우고 노을 진 언덕을 넘어갔었다. 해 질 녘 초록 풀밭이 펼쳐진 사이의 언덕길을 탈탈탈 소리를 내며 평화롭게 달려가는 오토바이를 보면서 내가 가져보려고 애쓰지 않았던 일상의 평화로움을 처음으로 진지하게 생각했다. 서울에서 가끔 불면증을 앓았던 K가 그곳에선 깊은 잠에 빠진다는 이유를 이해할 것 같았다. 그건 일상의 가장 중요한 일들을 K가 잘 해내기 시작했기 때문이었다.

봄이 되면 K를 집에 초대해야겠다. K가 오면, 일하다 속을 버려 끙끙 앓고 난 뒤 영혼의 메뉴처럼 늘 찾게 되는 나만의 샤브샤브를 해줘야지. 다시마와 파를 넣고 우린 감칠맛 나는 육수에 청경채와 팽이버섯과 한우를 넣어 직접 만든 간장 소스에 찍어 먹으며 우리는 이야기를 나눌 것이다. 잘 일하고 잘 먹고 잘 쉬고 잘 자고 잘 일어나는 일에 대해서. 평온하고 평화롭게.

2장

시간은 결코 사라지지 않는다

신경 쓰지 말라고 말하는 사람들에게

아이가 100일쯤 되었을 때, 아기 침대에 누워 있는 아이를 보시던 시어머니가 옆에 있던 작고 납작한 인형을 아이의 가슴에 가만히 올려놓으셨다.

"이렇게 하면 아기가 자다 깨도 놀라지 않아. 애들은 원래 잘 놀라거든."

어머님 말씀대로 당시 아이는 작은 소리에도 한 번씩 움찔하곤 했다. 나중에 알게 된 건데 태어난 지 얼마 안 된 아기들은 신경계가 아직 미숙해서 작은 자극에 크게 반응하는 거였다. 그럴 때 아기의 가슴을 손으로 지그시 눌러주거나 가벼운 베개 같은 것을 올려두면 안정감을 느끼게 된다고 한다. 그렇다면 나는 신경계가 제대로 발달하지 않은 걸까.

나는 어린 시절에도 어른이 된 후에도 평범한 이들이라면 잊거나 지나치고 말았을 작은 일들에 자주 놀라고 불안해하고 많은 신경을 쓰는 사람이었다. 남들은 알아채지 못할 상대의 미묘한 표정 변화에도 마음이 쓰이고, 남들이 의미 없이 던진 어떤 말들을 붙잡고 오래 고심했다. 외출하고 돌아오면 항상 다른 사람의 몇 배나 피곤했다. 나를 훑고 지나가는 많은 것들이 나를 자극했다. 신경을 많이 써 찾아온 피로는 뇌까지 각성시켜서 그런 날은 잠까지 잘 들지 못했다. 늘 달고 살다시피 하는 두통과 위통 또한 그런 예민함 때문이라는 것을 어른이 되고서야 자각했다.

예민함의 원인은 다양하겠지만 내 경우에는 불안을 강하게 느끼는 외가 쪽의 유전적 영향을 받은 것 같다. 또 애착이 형성되기 전에 일하는 엄마와 자주 떨어져 크며 불안하게 성장한 탓도 있지 않을까 추측해본다. 무엇이 원인이 되었건 내 경우는 불안을 다스리는 신경계가 약한 것이 틀림없다고 몇몇 책을 읽으면서 확신하게 됐는데, 실제로 체크리스트를 확인하며 예민함 점수를 내봤더니 26점이 나왔다. 0~5점이 예민함을 인정할 수 없다고 말할 수 있는 가장 낮은 점수대, 25점 이상은 예민한 경향이 현저한 가장 높은 점수대였다.

예민하고 섬세한 성격이 주는 장점도 물론 많을 것이다. 실제로 이런 성향의 사람들이 문학, 음악, 미술, 영화 같은 예술 분야에서 재능을 발휘하는 경우가 많다고 한다. 하지만 예민함이 결정적인 문제가 되는 건 삶이 유난히 힘겹고 고통스럽게 느껴진다는 사실일 것이다. 남들은 지나칠 법한 일들에 연연하고, 잊을 법한 일들에 골머리를 앓고, 스치듯 지나간 어떤 상황에 상처받는다. 그래서 예민한 사람들의 행복도는 그렇지 않은 사람들에 비해 현저히 떨어진다. 예민하지 않은 사람들이 예민한 사람들의 고민을 헤아리는 건 쉽지 않다. 어떤 이들은 별거 아닌 일로 오늘도 끙끙 앓는 예민한 이들에게 이런 조언을 한다. 신경 쓰지 마. 뭐 그런 일로 신경을 써. 살면서 나 또한 수없이 들었던 말이다. 그때마다 무척이나 하고 싶었던 내 마음 같은 얘기를 어느 칼럼에서 만났다.

'신경 쓰다'와 '신경 쓰이다'의 차이를 생각하게 되었다. '신경 쓰다'는 나의 의지와 닿아 있다. 내가 자의적으로 내 신경을 쏟아 그것에 관여하는 것이다. 하지만 '신경 쓰이다'는 불가항력적이었다. 나의 언어 감각으로 이것은 '가렵다'나 '마렵다'에 가까웠다. 내 일상을 흩트리는 대부분의 사태는 내 의지와 무관하게 저절로 그러했다. 내가 신경을 쓰는 것이 아니라 그것이 나를 신경 쓰게 만들었다. 말하자면 의식 저 한구석이 간지러운 것처럼. 그리 생각하니 '신경 쓰지 마'라는 말은 마치 어딘가 가려운 사람에게 '가렵지 마'라고 한다거나 뭔가가 마려운 사람에게 '마렵지 마'라고 하는 것처럼 느껴졌다. 애초 의지로 가능한 말이 아니라는 말이다.

홍인혜 시인이 쓴 칼럼의 제목은 이거다. 「어떻게 신경을 안써」. 글을 읽으며 심하게 가려운 등을 누군가 시원하게 벅벅 긁어주는 느낌을 받았다. 내 의지대로 할 수 없는 일이었구나 하는 데서 오는 안도감이 고마웠다.

어찌할 수 없는 일이긴 하지만, 나는 내 예민함을 잘 다스리고 싶다. 적어도 예민함이 내 행복을 자주 훼손시키는 걸 내버려 두고 싶지 않다. 그래서 관련된 책들을 읽으며 예민함을 다스리는 법에 대해 배우기 시작했다. 전문가의 조언을 보면서 내가 할 수 있을 것 같은 몇 가지들을 추리고, 이것만은 지켜야지 했던 것들이 있는데 소개하면 다음과 같다.

첫 번째는 일정하게 일어나서 활동하기.

예민한 사람들은 감정 기복에 따라 에너지 변동이 심한데, 이를 줄이는 가장 핵심적인 요소가 바로 일정하게 일어나서 활동하며 내 몸의 리듬을 만드는 것이라고 한다.

두 번째는 자극의 역치를 넘지 않기.

되도록 신경 쓰이는 일을 오래 하는 것을 피해야 한다. 모니터 화면을 오래 보거나 SNS 등을 오래 하다 보면 정보가 과해져 신경의 피로를 불러오는 주범이 될 수 있으므로 시간을 줄인다.

세 번째는 고민이나 해결해야 할 문제들이 있으면 메모하기.

실제로 이 방법은 글을 쓰면서 자연스럽게 생긴 습관이기도 하다. 걱정거리의 답이 될 만한 것들을 찾으면 그때그때 메모해서 책상 앞에 붙여 놓는데 그것들을 자주 들여다보면 마음이 조금 안정되는 느낌을 받는다.

네 번째, 나와 잘 맞는 좋아하는 사람들과의 시간을 한 번씩 가지기.

에너지가 많지 않기 때문에 누군가와 약속을 잡고 시간을 보내는 일을 별로 좋아하지 않았다. 누군가를 만나고 오면 그 후의 여파가 언제나 커서 다음 일상을 유지하는 게 힘들었기 때문이다. 그러다 보니 안 그래도 협소한 인간관계가 더 좁아졌다. 고립감은 예민함을 더 심하게 만든다. 그래서 이제는 무리가 가지 않는 선에서, 나를 잘 알고 말이 통하는 사람들과 즐거운 시간을 한 번씩 갖는 일을 미루지 않으려 하고 있다.

다섯 번째, 과부하의 징후가 느껴지면 바로 멈추기.

다년간의 경험을 통해 멈추지 않으면 탈모와 두통과 디스크 같은 심각한 신체적 고통에 시달리게 된다는 것을 너무 잘 알게 되어버렸다.

여섯 번째, 멍 때리거나 빈둥거리기.

예민한 사람들은 늘 신경계에 과부하가 걸려 있다고 한다. 생각해보면 나는 할 일을 끝내면 다음 할 일부터 늘 머릿속으로 찾는 사람이었다. 이제 내게는 휴식이란, 빈둥거리기와 같은 말이다.

알고 있다. 세상으로부터 자극을 받을 때마다 예민함을 극복하는 여섯 가지 방법들을 다시 돌아보겠지만, 그 모든 것이 통하지 않을 때도 있으리라는 걸. 어떤 일들은 의지만으로는 부족하니까. 이렇게 노력을 해도 나란 사람은 또 아기처럼 작은 일에도 가슴을 들썩일 것이다. 그래서 내게는 갓 태어난 아기처럼 가슴에 올려놓을 작은 베개 같은 것이 필요하다. 과부하가 걸린 마음을 빠르게 진정시키는 이런 말.

내가 신경 쓰는 게 아니고 이것이 나를 신경 쓰이게 하는 거라고.

내가 집요한 게 아니고 이 사태가 집요한 거라고.

나에게는 이 손아귀에서 벗어날 충분한 시간이 필요하다고.

홍인혜 시인이 했던 그 말을 되새기면서 나는 이렇게 마음을 다독일 것이다. 고통이 있어야 문제를 직시하게 된다고. 너무 괴로우니까 어떻게든 해보려는 수많은 시도를 통해서 남보다 더 많은 것을 배울 수 있다고. 인생의 많은 문제가 그렇듯 기다리면 곧 가라앉는 시간이 온다고 말이다.

지금은 슬퍼도 언젠가 미소 짓게 될 거야

풋코의 반려인 풋코, 노안의 기분 같은 거

너 진작 겪었지?

풋코 ……

풋코의 반려인 복슬복슬한 내 강아지인 줄로만 알았더니

실은 니가 내 선배님이었어?

풋코 ……

풋코의 반려인 응, 뭐 늙어간다는 게 썩 유쾌한 일일리야

없겠지만 말이지, 그래도 니가 지나간 길을

내가 따라간다는 점에선 좀 괜찮은 것 같기도 해.

같이 산책하는 거랑 비슷하잖아? 그치?

늙은 개 '풋코'와의 일상을 담은 만화 『노견일기 4』에 나오는 첫 에피소드다. 풋코는 다리에 혈압 측정기를 감고 있고, 풋코의 반려인인 정우열 작가는 그 곁에 쪼그리고 앉아 풋코에게 말을 걸고 있다. 풋코는 열여덟 살 노견이다. 둘에게 남은 시간이 그리 많지 않을지 모른다. 정우열 작가는 사랑하는 풋코의 남은 시간을 소중하게 기록하기 위해서, 반려견과 함께 보낸 순간을 더 오래 기억하기 위해서 『노견일기』를 시작했을 것이다. 그의 마음을 충분히 짐작할 수 있을 것 같다. 나의 뭉치도 올해 열다섯 살이 되었으니까.

풋코가 그랬듯 뭉치 또한 늙어가고 있다. 항상 내 반경 1미터 안에서 자리를 잡고 수시로 나를 바라보는 뭉치는 여전히 다섯 살 아이 같기만 한데, 뭉치의 시간은 나의 시간보다 훨씬 빨리 흘러버렸다. 이제 뭉치는 사람 나이로 치면 70대인 노년의 시간을 살고 있다.

작은 소리에도 벌떡 일어나 '침입자가 온 것 같은데?' 예민한 경계 태세를 갖추던 뭉치는 이제 가끔 내가 현관문을 열고 들어와도 모른 채 자고 있다. 나를 기다리느라 자기 집이 아닌 차가운 현관 바닥에 계속 누워 있었으면서. 다 약해진 청력 탓이다. 그런 뭉치가 놀랄까 가만히 머리를 쓰다듬으면 뭉치는 화들짝 일어나

꼬리를 치며 내게 안긴다. 자동차 문을 열면, '콧바람 쐬는 날이다, 야호' 신이 나서 의자로 점프하던 뭉치를 본 지도 오래다. 뭉치는 이제 우리 차를 발견하면 그 앞에서 꼬리를 치며 우리가 안아서 올려줄 때까지 서성인다. 예전엔 차에 타면 내 허벅지를 밟고 올라가 창문을 벅벅 긁어댔지만 요즘 뭉치는 차 안에서도 무척이나 얌전하게 누워 있거나 앉아 있다. 지난번 산책 때에는 층층 계단 앞에서 시위하듯 걸음을 멈췄다. 계단을 올라가다 한두 번 넘어진 적이 있는데, 그것 때문인지 오르막 계단은 자신이 없는 눈치다. 뭉치를 위해 이제는 평평하고 완만한 경사가 있는 곳들 위주로 산책을 한다.

몸의 기능들은 쇠퇴하고 약해졌지만, 우리가 늘 함께 있어야 하는 가족이라는 생각은 더 강해진 것만 같다. 밤에 아이를 재우러 작은방으로 들어갈 때면 언제나 뭉치도 함께 따라 들어온다. 아이가 잠들면 나는 조용히 일어나 안방으로 가는데, 분명 잠든 줄 알았던 뭉치도 어느새 일어나 내 뒤를 따라와 안방 침대에 작은 턱을 올려놓고는 기다린다(이제 내 차례야, 뭐 그런 듯 같다). 내가 한참을 쓰다듬고 까맣고 촉촉한 코에 뽀뽀를 하고 엉덩이를 톡톡 쳐주며, 이제 자야지, 할 때까지.

온 가족이 아이의 할아버지 집에서 자고 올 때면 아이와 뭉치는 신이 난다. 침대가 아닌 바닥에서 이불을 펴고 자는 이 특별한 날에는 우리 세 식구와 뭉치가 함께 잘 수 있으니까. 아이 할머니가 아무리 뭉치를 방에 들어가지 못하게 해도, 뭉치는 기어이 우리가 있는 방을 찾아 코를 밀고 들어와 우리 발밑에 자리를 잡는다. 그러고는 세상 좋은 '뭉치쇼'를 보여준다. 자신의 몸을 발랑 뒤집은 채로 신나게 등을 바닥에 비벼대며 다리를 휘젓는 뭉치만의 춤. 그러면 아이는 깔깔대고 웃고 우리는 뭉치의 보드랍고 따뜻한 배를 오랫동안 쓸어준다. 그럴 때마다 나는 마음속으로 뭉치에게 얘기한다. 뭉치야, 고마워. 우리한테 와줘서. 우리랑 함께 있어줘서.

15년이 넘는 시간을 함께 보내면서 녀석도 나도 서로에게 길이 들었다. 내가 일을 하느라 책상 앞에 앉아 있을 때마다 뒤에서 꼬물거리며 놀아달라고 앙알대던 강아지 뭉치는 지금 내 발밑에 엉덩이를 대고 가만히 누워 있다. 예전엔 내가 겉옷을 챙겨 입을 때마다 '야호, 산책이다' 하고 앞발 들어 뛰기를 보여주며 흥분했지만, 요즘엔, 산책 가는 거 아니야, 이 한마디로 상황 파악을 한다. 강아지 시절엔 아침에 늦게 일어나는 게으른 주인을 향해 일곱 시만 되면 짖으며 깨웠지만, 요즘엔 내가 일어날 때까지 가만히 침대 밑에 엎드려 기다린다.

나 또한 뭉치의 작은 사인들을 가장 먼저 알아채는 반려인이 되었다. 화장실에 다녀와서 나를 쳐다보며 앉아 있는 건 '나 잘했지? 그러니까 간식!'이라는 뜻이고, 한 번씩 이유 없이 창가 쪽으로 가서 꼬리를 살랑살랑 흔드는 건 '이제 산책 갈 때도 됐잖아! 바깥 공기 쐰 지가 한참이라고!'라는 뜻이다. 풋코의 반려인인 정우열 작가가 '풋코 설명서'를 완벽하게 마스터한 것처럼 나 또한 '뭉치 설명서'는 얼마든지 더 쓸 수 있다. 우리가 뭘 먹고 있을 때 서성거리다 '아옹' 소리를 내는 건 '니들 입만 입이냐'라고 말한다는 것. 우리가 외출했다 돌아왔을 때 꾸룩꾸룩 토하는 건 우리가 없어 너무 힘들고 외로웠다는 나름의 시위라는 것. 내 무릎 사이를 파고드는 것은 애정 에너지가 급히 필요하다는 뜻이라는 것. 이렇게 우리는 함께하면서 누구보다 서로를 잘 알게 되었다.

우리의 15년이 수월하기만 했던 건 아니다. 아이가 태어나면서부터 어쩔 수 없이 뭉치와 거리를 둬야 했던 시간은 안타깝고 힘들었다. 뭉치는 갑자기 나타난 작은 존재에게 사랑을 뺏겨 외로웠을 것이다. 아이가 자신에게 보이는 관심과 사랑 또한 낯설고 두려웠겠지. 어쩌면 그 정도는 앞으로 닥칠 시간을 생각하면 아무 일도 아닐 수 있다. 풋코가 그랬던 것처럼 잘 안 들리는 뭉치가 언젠가는 잘 안 보이는 날이 올 수도 있다. 오독오독 귀여운 소리를 내며 사료를 먹느라 바빴던 뭉치의 이빨이 하나둘 빠지는 날이 오리라는 것도 알고 있다. 이별을 막을 수 없다는 것도.

올해 아홉 살이 된 아이는 엄마가 산 『노견일기』를 혼자 보는 나이가 되었다. 아이도 알고 있다. 우리에게 다섯 살 동생처럼 보이는 귀여운 뭉치가 할아버지 나이가 되었다는 것을. 그리고 한 번씩 과격하게 슬픔을 표현한다. 뭉치가 죽으면 나도 죽을 거야! 어쩌면 아이가 처음 겪게 될 사별. 그때가 오면 나는 아이에게 어떤 말을 해줄 수 있을까. 나는 어떻게 견딜 수 있을까.

지금은 많이 슬프겠지만,

언젠가는 그 녀석을 생각할 때 슬퍼지기보다

함께 보낸 행복했던 시간이 떠올라 미소를 짓게 될 거야.

_『곁에 없어도 함께할 거야』, 헤더 맥매너미

한 책 속에서 암에 걸린 엄마가 자신이 없는 동안 딸이 키우던 애완동물이 죽었을 때를 상상하며 미리 쓴 카드처럼 나도 언젠가 그렇게 말해줄 수 있을까. "뭉치는 사라졌지만, 뭉치를 향한 우리의 사랑은 사라지지 않으니까, 그러니까 괜찮아"라고 말해줄 수 있을까.

『노견일기』를 보면 풋코와 함께 살다 먼저 떠나간 개 '소리'를 그리워하는 정우열 작가에게 친구가 이런 말을 한다.

아이고 …… 어쩌겠어요. 그동안 소리한테 많이 받았으니
그만큼 견뎌야지.

많이 받은 만큼 견디려면 많이 주어야 한다. 떠나간 뒤에 우리를 힘겹게 하는 건 언제나 더 사랑하지 못했다는 사실이니까.

일단 지금은 이별을 생각하기 전에 뭉치와 산책을 가야겠다. 경쾌한 발걸음으로 나보다 앞서 나가던 뭉치가 한 번씩 뒤돌아 동그랗고 까만 눈으로 나를 바라볼 때면, 나도 풋코의 반려인과 똑같이 말하겠지.

뭉치야, 그렇게 좋아? 그래도…… 그래도……

너무 빨리 가지는 마. 알았지?

아직 동백꽃을 만나지 못한 당신에게

작년 한 해 많은 수상 소감 중 내 마음을 사로잡은 이야기는 단연 배우 오정세의 이야기였다. 감격스러운 상황을 충분히 즐겨도 좋을 법한데 크게 웃지도 또 울지도 않은 채 애써 모든 것을 차분하게 누르느라 그의 목소리는 조금 잠겨 있었지만, 찬찬히 말하는 한 자 한 자에서 진심이 느껴졌다.

(……) 지금까지 한 100편 넘게 작업을 해왔는데요.

어떤 작품은 성공하기도 하고

어떤 작품은 심하게 망하기도 하고

또 어쩌다 보니 이렇게 좋은 상까지 받는 작품도 있었는데요.

그 100편 다 결과가 다르다는 건 좀 신기한 것 같습니다.
제 개인적으로는, 그 100편 다 똑같은 마음으로
똑같이 열심히 했거든요.
돌이켜 생각해보면, 제가 잘해서 결과가 좋은 것도 아니고,
제가 못해서 망한 것도 아니라는 생각이 들더라고요.

얼마나 성실하고 한결같은 자세로 연기를 해왔는가에 대한 이
야기겠거니 예상했지만, 아니었다. 그는 세상이 알아주지 않는
고단하고 서러운 시간을 보내고 있을 누군가를 향해 말했다.

(……) 꿋꿋이 그리고 또 열심히 자기 일을 하는 많은 사람들에게
똑같은 결과가 주어지는 건 또 아니라는 생각이 들어서
좀 불공평하다는 생각이 드는데……

조심스럽지만 사려 깊은 그의 말이 잠시 나를 붙들었다. 그렇
지. 사는 일이 힘든 건 공평하지 않기 때문이지. 노력한 만큼, 애
쓴 만큼 정확하게 결과가 돌아온다면 좋겠지만 살아보면 누구나
그게 그렇지 않다는 걸 경험하게 된다. 그럴 때마다 우리는 자책
을 한다. 이게 다 내가 못난 탓이 아닐까. 더 애를 썼어야 하는 게

아닐까. 그때 그런 선택을 하는 게 아니었는데. 더 신중할걸. 더 많이 준비할걸. 더 참아볼걸. 자책이 끝도 없이 이어지는 만큼 자존감은 바닥을 치게 마련이다. 그러면서 깨닫게 되는 삶의 진실은 이것이 아니었는지. 우리 힘으로 어떻게 할 수 있는 일보다 없는 일이 더 많다는 것. 그럴 때 우리는 무엇을 할 수 있을까. 더 더 애를 쓰고 노력해야 하는 것일까. 그런 질문에 대답하듯, 100편이 넘는 작품에서 수많은 캐릭터를 연기하며 망하기도 하고 성공도 해본 배우는 말했다.

그럼에도 불구하고 실망하거나 지치지 마시고 포기하지 마시고 여러분들이 무엇을 하든 간에 그 일을 계속하셨으면 좋겠습니다. 자책하지 마십쇼. 여러분 탓이 아닙니다.

그 무엇도 당신 잘못이 아니라고. 당신이 열심히 안 해서 그런 게 아니라고. 세상이, 삶이 원래 그렇게 돌아가고 있다고 그는 말하고 싶었던 것 같다. 그의 수상 소감이 화제가 된 건 바로 그 지점 때문이었을 거라고 확신한다. 우리는 모두 절실하게 그 말이 듣고 싶었기 때문이다.

당신 잘못이 아니라는 말.

반복되는 실패의 언저리에서 길을 걸으며 우리는 늘 되짚었다. 어디서부터 잘못된 거지. 내가 무얼 더 해야 하지. 그런 생각을 할 때마다 꿋꿋하게 열심히 사는 이들은 아득한 기분이 들었을 것이다. 이미 최선을 다하고 있는데 뭘 더 어떻게 한단 말인가. 그런 우리에게 어쩌면 같은 길을 걸었을 배우가 말해준 것이다. 노력한 만큼의 결과가 돌아오지 않은 건 당신이 어떻게 할 수 있는 일이 아니었을 거라고. 그러니 너무 실망하거나 지치지 말라고. 그저 무엇을 하든 그 일을 포기하지 말고 '계속'하길 바란다고.

　그는 더 열심히 하라고, 더 힘을 내라고 말하지 않았다. 대신 '그저' '계속'하라고 말했다. 그렇게 그냥 묵묵히 나아가다 보면, 평소처럼 똑같이 했는데 그동안 받지 못했던 위로와 보상이 찾아오는 날이 있더라고. 겸손하고 수줍은 목소리로 배우 오정세는 말하고 있었다. 자신이 바로 그 증거라고. 그는 늘 하던 대로 평소와 똑같은 자세로 준비하고 연습하며 「동백꽃 필 무렵」을 만났고, 많은 이가 주연 '동백' 옆에 서 있던 조연인 그에게 큰 환호와 박수를 보냈다. 그는 이런 일련의 경험을 통해 '계속'의 힘을 믿게 되었을 것이다. 실패도 성공도 '계속' 길을 걷는 이에게만 찾아온다는 것을 말이다.

"거기까지"라고 누군가 툭 한마디 던지면, "그렇지"하고 포기할 것 같은 시간을 누구나 지나가게 된다. 그 순간 자책과 질투와 원망을 품고 까만 밤을 지새울 누군가의 심정을 너무나 잘 알고 있는 오정세는 확신하듯 말했다.

여러분들도 모두 곧 반드시
여러분만의 동백을 만날 수 있을 거라고 믿습니다.
힘든데 세상이 못 알아준다고 생각할 때
속으로 생각했으면 좋겠습니다.
곧 나만의 동백을 만날 수 있을 거라고요.

나만의 동백을 언제 만날 수 있을지 그때가 언제인지 우리는 모른다. 그 누구도 알 수 없다. 그래서 우리는 또 괴롭고 힘이 들지만, 그때를 미리 알 수 있다면 사는 일은 결말을 미리 알아버린 드라마처럼 싱거워지지 않을까. 그러니 그때까지 우리가 할 일은 그저 두근거리는 마음으로 하던 일을 '계속'하는 것일 테다. 각자의 인생 드라마는 내용도 갈등도 전개도 다 다르니 어떤 이에게는 그게 내일일 수도 있고, 누군가에게는 10년 뒤, 20년 뒤일 수도 있을 것이다. 기다리는 일은 늘 그렇듯 지난하고 고단할 것이다. 그래서 중요한 건 '믿음'일지 모르겠다. 언젠가 나만의 동백을 만날 수 있다는 믿음. 이 믿음이 굳건해야 우리는 한숨이 턱까지 차오르는 어느 밤을 견딜 수 있을 테니까. 그래야 다시 찾아온 오늘에도 똑같이 걸을 수 있을 테니까.

그런 마음으로 나는 계속 글을 쓰고, 당신도 당신의 일을 계속할 수 있다면 좋겠다.

건투를 빈다.

참지 않는 훈련을 하는 시간

　이 나이가 되도록 살면서 여전히 어렵게 생각하는 일이 하나 있다. 불편한 마음을 표현하는 일이다. 이해관계가 상충하거나 배려받지 못했다고 생각할 때, 그 상황을 바꾸기 위해 누군가와 대화를 해야 하는 상황이 오면 심장이 쿵쾅거리고 머리가 지끈거리기 시작한다. 괜히 얘기해서 상황만 더 나빠지는 건 아닐까. 이런다고 뭐가 달라지긴 할까. 시간 낭비만 하는 게 아닐까. 이런저런 걱정에 치이다 보면 내가 한 번 참고 말지 싶어진다.

　그런데 문제는 해결되지 않은 감정들은 쌓인다는 것이다. 인간이 어떤 상황을 참아내는 데는 한계치가 있다. 쌓이고 쌓인 불편한 감정들은 결국 언젠가는 폭발하게 마련이다. 그것을 상대에게 폭발하면 관계가 깨어지고, 참다가 내 내부에서 폭발하면 병이 된다. 불편한 마음을 표현하는 일에 서툴렀던 편인 나는 지속적으로 나를 불편하게 하는 상대와는 아예 손절(안 볼 수 없다면 포기한 채 상대에 대해 체념하는 식)하는 방식을 택하거나, 참고 참다가 한꺼번에 다다다다 터뜨려서 악화일로의 상황을 만들거나, 아니면 참고 또 참느라 병이 났다.

그런 나를 생각하면서 아주 오랫동안 그쪽 방면에 소질이 없는 사람이라고만 생각했다. 화를 잘 내거나 싫다는 의사를 표현하는 데도 타고난 재능이 필요한 것처럼. 그런데 오은영 교수의 강연을 보다가 불편한 마음을 제대로 표현하는 일은 재능도 소질도 아닌 어린 시절 반드시 배워야 하는 인생의 필수 기술이라는 걸 알았다.

유아기와 아동기에 단체 활동을 하게 되면 내 마음과 다른 친구들(이들은 인생 내내 만나게 될 것이다)을 한꺼번에 만나게 된다. 아직 어린 친구들은 상대방의 입장을 헤아리는 데 미숙하고 자기중심적이다. 이런 친구들이 여럿이 모여 함께 생활하다 보면 마음을 다치는 일들이 생길 수밖에 없다. 그럴 때 어떻게 하면 좋을까. 이제 막 어울리는 법을 배워나가기 시작한 아이들에겐 어려운 문제다. 그래서 유치원이나 어린이집에서는 이 말을 제일 먼저 가르친다. "하지 마. 그렇게 하면 내가 불편해." 맞는 방법이지만, 이 방법이 늘 상황을 호전시키는 것 같진 않다. 말과 어투가 아직 세련되지 못한 어린 친구들은 큰 소리를 지르거나 화를 내며 마음을 표현해서 싸움으로 번지기도 하고(상대편 목소리가 커지면 이쪽도 커지는 싸움의 법칙처럼 "흥, 난 하나도 안 불편해" 이럴 수도 있다. 이 역시 어른이 되어서도 자주 맞닥뜨리는 상황일 것이다) 아니면 친구에게 혹시나 이런 말을 해서 거절당할까 싶어 작게 중얼거리느라 별 효과를 보지 못하는 경우도 생긴다. 그런 점을 간파한 듯 오은영 교수는 이렇게 해볼 것을 조언했다. "에이, 그러면 난 싫은데." (그녀의 입꼬리는 한껏 올라가 있었고, 목소리에는 웃음기가 남아 있었다.)

그녀의 말을 들으며 나는 속으로 살짝 딴지를 걸었다. '상대를 비난하지 않고 웃으면서 할 말 하기는 정말이지 고난도 기술인데, 어른들도 잘 못하는 걸 아이들이 잘 익힐 수 있을까.' 그러자 마치 내 말을 듣기라도 한 듯 오은영 교수는 강조했다. 될 때까지 백 번이고 천 번이고 연습을 시키셔야 한다고. 이건 아주 중요하다고.

문득 조금 억울한 생각이 든다. 어릴 때부터 이런 걸 누가 좀 제대로 가르쳐줬다면 내 인생이 이렇게 고단하지는 않았을 텐데. 이런 생각 때문에 간혹 아홉 살 아이가 소리를 지르며 강하게 자기 마음을 표현할 때면 입버릇처럼 말한다. "소리를 지를 필요는 없어. 소리를 지르면 너의 이야기를 친구가 듣지 못해. 그냥 너의 마음만 표현하면 돼. 네가 그러면 내가 정말 마음이 안 좋아, 이렇게. 알겠지?"

나도 적지 않은 나이를 먹도록 익히지 못한 인생의 고난도 기술을 가르치는 아이러니. 아이에게 불편한 마음을 조금 더 세련되게 말하는 법을 가르치며 궁금해졌다. 나도 지금이라도 열심히 백 번이고 천 번이고 연습하면 바뀔 수 있을까 하고. 일단은 해보기로 한다.

하지만 모르는 건 아니다. 인생은 예상 답안지와 달라서, 우리가 이토록 닳도록 연습을 해도 우리를 '헉' 하게 만드는 상황이 찾아올 수 있다는 것을. 아무리 부드럽게 말해도, 아무리 차분하게 말해도, 자꾸 내 마음을 건드리며 싸움을 걸어오는 인간을 만나게 된다. 그럴 때는 동화 작가들에게 인생을 한 수 배워보는 것도 나쁘지 않다.

누군가 싸움을 걸어온다면
"아직 준비가 안 됐어요"라고 말하면 되지.

_『더우면 벗으면 되지』, 요시타케 신스케

입꼬리를 올린 채로 네가 그렇게 하면 내가 불편하다고 백 번 천 번 말해도 계속하는 인간들도 만나게 될 확률을 배제할 수 없다. 그럴 때는 어쩔 수 없다. 이런 방법도 써보는 수밖에.

누군가의 불행을 바란다면
파도가 밀려오는 물가에다 쓰면 되지.

여태껏 사는 동안 인생의 고난도 기술은 익히지 못했지만, 이것 하나는 알고 있다. 안 좋은 상황 앞에서 얼굴을 구기고 심각하게 대응할수록 상황은 더욱 나빠진다(수없이 겪어보지 않았는가)는 사실. 그럴 때 이처럼 상황을 가볍게 만들어주는 나름의 방법을 몇 가지 기억해둔다면 도움이 될 것이다.

마흔을 훌쩍 넘긴 엄마는 아이와 함께 뒤늦게 인생의 중요한 기술을 익히며 탄식한다. 살면서 진즉에 배웠어야 할 것들은 영어도, 수학도 아니었다고.

부푼 기대가 일상을 어지럽힐 때

"아니, 그걸 매일 들여다보고 있는 거야?"

언젠가 새 책을 내고 인터넷 서점 사이트에 출근 도장을 찍듯 매일 들어가는 걸 보고 한 친구가 핀잔을 줬다. 친구의 말끝에는 이 말이 달렸다. "헐!"

책을 내고 나면, 수시로 내 책의 판매 순위나 판매 지수 같은 것을 확인하게 된다. 정신 건강에 좋지 않다는 것을 알면서도 궁금증을 참기가 쉽지 않다. 이런 내가 유난인가 싶었는데 나만 그런 게 아니라는 것을 확인한 적이 있다. 임경선 작가는 아예 「판매지수와 순위 스트레스」라는 제목으로 칼럼을 쓴 적도 있었던 것이다(친구가 이 칼럼을 봤어야 하는데). 임경선 작가는 이 글에서 새 책이 출간되면 밤에 스마트폰을 머리 옆에 두고 잔다고 고백했다. 아침에 눈을 뜨자마자 인터넷 서점에 들어가 떨리는 마음으로 내 책이 잘 팔리고 있나를 확인하기 위해서다. 판매 성적에 집착하는 자신에게 환멸과 안쓰러움을 느끼는 동시에 그녀는 생각한다. 다른 저자들은 자신처럼 피곤하게 굴지 않을 거라고. 그 부분을 읽을 때 나는 번쩍 손을 들며 이렇게 말하고 싶은 충동이 들었다.

"여기, 당신과 똑같은 작가 한 사람 추가요!"

그녀의 글을 읽으며 많은 책을 낸 중견 작가도 판매 성적에 연연한다는 사실에 위안을 받았다. 책을 내고 나면 한동안 판매 성적에 따라 마음이 들썩거렸다. 그때마다 대범하지 못한 나 자신이 작게 느껴지곤 했는데, 다른 작가(심지어 그녀는 베스트셀러 작가 아닌가)도 그렇다니 조금 덜 부끄러운 마음이 들었던 거다.

작가들과 편집자들의 이런 마음(이번 책은 과연 얼마나 많은 사랑과 관심을 받을 수 있을 것인가 하는)에 대해 한 서점 관계자가 '정당한 기대'라고 표현한 걸 들은 적이 있다. 그 말을 처음 들었을 때 정말이지 무척이나 반가웠고, 적절한 표현이라고 생각했다. 내 것을 최선을 다해 만들어 세상에 내놓은 뒤, 떨리는 심정으로 잘 되기를 바라는 것은 유난과 집착이 아닌 당연한 마음이니까. 작가들만 이런 마음을 가지는 것은 아닐 것이다. 밤을 꼬박 새우고 만든 기획안을 발표할 때 떨리는 마음, 신메뉴를 개발하고 손님들의 반응을 기다리는 셰프의 마음, 새로운 콘텐츠를 올린 뒤 클릭 수를 조회하는 관계자의 마음, 영화를 만들고 개봉한 뒤 성적을 기다리는 마음은 모두 다르지 않다. 우리는 매번 최선을 다해 열심히 일하고 기다린다. 열심히 한 만큼 좋은 결과가 있겠지. 이번에는 내게 좋은 기회가 찾아오겠지. 이렇게 열심히 한 나를 누군가는 알아주겠지. 우리의 이런 마음이 정당하다는 걸 이제는 알지만, 그렇다고 결과를 기다리는 일이 두렵거나 힘들지 않은 것은 아닐 것이다.

문제는 이런 마음들이 일상을 어지럽힌다는 데 있다. 기대보다 못한 결과지를 받아 들 때면 내가 노력한 시간과 과정이 가치 없게 느껴진다. 그러다 보면 자신도 모르게 다음 목표를 이렇게 잡고 싶어진다. 작가의 경우라면 다음에는 꼭 몇만 부 이상 팔리는 책을 내고 말 거야! 감독의 경우라면 몇백 만 이상 흥행하는 작품을 내고 말 거야! 상사맨이라면 이번 매출은 지난 매출보다 두 배를 꼭 올리고 말겠어! 자연스럽게 주먹을 불끈 쥐게 하는 이런 다짐들이 나쁘다고 할 수는 없겠지만, 눈에 보이는 성공에 목표를 맞추다 보면 결과가 나올 때마다 삶이 흔들리게 된다.

그럼 우리는 어떤 마음으로 일을 해야 할까. 우리가 한 일에 대한 결과를 어떻게 받아들여야 하는 걸까. 한 배우의 인터뷰 기사를 보면서 나는 그 답을 조금씩 찾기 시작했다.

배우가 된 것도 내가 하고 싶은 얘기들로 영향을 끼치고 싶어서였어요. 힘이 생기면 내 얘기를 많이 보여드릴 수 있을 테니 인지도 높고 잘나가는 배우가 되는 게 꿈이었죠. 그런데 지금은 생각이 바뀌었어요. 대중적 인지도는 따라오는 거지 목표가 될 순 없어요. 그건 **노력 바깥의 일**인 것 같아요. 「경이로운 소문」도 이렇게 사랑받을 줄 몰랐거든요. 배우 인생 길게 봤을 때 지금 인지도가 확 올라가는 게 꼭 좋지만은 않은 것 같아요. 그만큼 독이나 두려움도 생기는 법이니까요.

'노력 바깥의 일'이라는 염혜란 배우의 표현이 가슴에 남았다. 나는 오랫동안 인정하지 않았던 것 같다. 노력 바깥의 일이 있다는 것을. 아니 알고 있으면서도 인정하기 싫었던 것은 아닐까. 이만큼 했으니 이만큼의 결과가 찾아오는 게 당연하지, 그렇게 안 돌아가는 세상이 잘못된 거야. 그렇게 말하고 싶었던 것 같다. 하지만 그녀는 달랐다. '노력 바깥의 일'을 인정했다. 열심히 했다고 반드시 그만큼의 보상과 결과가 찾아오는 건 아니라는 무수한 경험과, 기대하지 않았던 순간에 따라온 대중적인 관심과 사랑을 모두 겪으면서 자신이 목표로 해야 할 것을 수정했다. 염혜란 배우의 꿈은 이제 나문희 선생님처럼 오래 연기하는 것이다. 그러기 위해서 그녀는 선배처럼 삶을 잘 살아내려고 노력 중이다.

기사를 읽으면서 생각했다. 내가 원하는 것이 노력 바깥의 일이 함께 따라줘야 하는 '성공'인지, 아니면 나 자신의 끊임없는 고민과 노력이 함께해야 하는 '성장'인지에 대해서. 나 또한 후자에 집중하고 싶다. 염혜란 배우가 오래 연기하고 싶은 것처럼 나도 오래 쓰고 싶기 때문이다. 나 자신과 세상을 돌아보며, 같이 사는 이들에게 말을 걸고 싶기 때문이다. 내가 건네는 말들이 작은 다독임이 되려면, 나 또한 인생을 잘 살아내야 할 것이다.

그렇더라도 내가 한 일의 결과를 열어보는 일 앞에 다시 설 때면, 정당한 기대를 어쩌지 못해 한동안 또 마음이 어지러울 거라는 사실을 잘 알고 있다. 언젠가 그런 불안하고 허탈한 마음을 이모 수녀님께 고백했더니 이런 얘기를 해주셨다.

자식을 떠나보냈다고 생각하렴.

어쩌면 책도 네 자식과 같을지 몰라.

네가 오래 마음에 품었던 것을 세상에 내놓은 거니까.

부모는 마음과 시간을 다해 자식을 사랑한 뒤에, 그들을 떠나보낸다. 부모의 품을 떠난 자식은 더는 부모 마음대로 할 수가 없다. 이제 어른이 된 그들은 자신만의 운명을 찾아나간다. 그때 부모가 할 수 있는 일이란, 조용히 그들을 축복하는 일일 것이다. 내가 할 수 있는 최선을 다한 뒤에 따라오는 나머지 일들에 대해서는 하늘의 뜻에 맡긴 채 그 결과를 받아들일 준비를 하라는 수녀님의 말씀에 나는 고개를 끄덕였었다. 요즘은 이런 생각을 한다. 내가 세상에 내놓은 이야기에 부끄럽지 않은 삶을 살아가자고. 그것과 함께 내가 할 일은 다시 또 다음 이야기를 마음을 다해 쓰는 일일 것이다.

내내 행복하다는 거짓말

오랜만에 부부 싸움을 했다. 이렇게 말해놓고 보니 별로 안 싸우는 부부 같지만, 15년의 결혼 생활 중 거의 10년 동안 우리는 격렬하게 싸웠다. 싸움은 주로 서로의 다름을 인정하지 않은 채 상대에 대한 지적이나 비난 혹은 불만을 표출하는 순간에 발화됐다. 아주 오랫동안 나는 이 싸움이 견딜 수 없이 힘들었다. 서로를 향해 핏대를 세우며 레이저 광선을 쏘아대고 나면 한없이 슬퍼졌다. 서로를 누구보다 아끼고 사랑해야 할 두 사람이, 인생의 가장 많은 시간을 함께해야 하는 두 사람이 타인보다 서로를 더 증오하는 현실을 마주할 때면 이렇게 같이 사는 게 무슨 의미가 있을까 싶었다.

충돌의 여파는 오래갔다. 부딪치고 나면 기운이 빠졌고, 몸이 아팠으며, 심한 우울감에 빠지는 날이 많았다. 그럴 때면 우리가 함께한 지나간 모든 시간이 의미 없게 느껴지곤 했다. 지금 와 생각해보면 나를 더 힘들게 한 건 싸움 자체보다 그 뒤에 따라오는 상념들이었다. 나한테 이렇게까지 할 수 있다니 저 사람은 나를 정말이지 조금도 사랑하지 않는 게 틀림없어(나도 그에 못지않게 질렀으면서). 혈전의 순간에 서로에게 뱉은 말과 행동이 우리의 사랑을 부정하고 있었다. 이 사람은 내가 생각하는 그런 사람이 아니었어(서로를 완벽하게 아는 일이 가능하다고 믿던 철부지 시절이 있었다). 상대에 대한 원망은 곧바로 내 안목에 대한 자책으로 이어졌다. 더 행복하기 위해 결혼했는데, 내 선택은 잘못됐어. 나는 더 불행해. 결혼에 실패했다는 생각에 머리를 박았다.

　결혼의 연차가 늘어날수록 싸움은 조금씩 잦아들었다. 여러 가지 이유가 있을 것이다. 싸움을 통한 학습을 통해 우리는 상대의 아킬레스건이나 격투의 발화 지점들을 알아간다. 나이를 먹으며 해야 할 일들이 늘어나면서 싸움에 쓸 에너지가 줄어들기도 한다(작은 일에 피를 튀길 만큼 우리는 이제 젊지가 않다). 한바탕 싸움을 벌인 뒤에 찾아오는 냉전의 순간에는 아무래도 연구 아닌 연구를 하게 된다. 어떻게 하면 싸우지 않고 같은 공간에서 제대로 시간을 보내며 평화롭게 늙어갈 수 있을 것인가.

우리의 경우는 그러면서 차츰 싸움의 횟수가 줄었지만, 현실은 잊을 만하면 한 번씩 우리의 결혼이 아직 완성되지 않았음을 알려준다(싸울 때마다 중얼거렸다. 도돌이표구나). 우리에게 갈등을 일으켰던 원인이 세월에 따라 변해갔기 때문이다. 이전의 갈등이 어느 정도 해결되고 나면, 다른 갈등 요소가 생겨났다(결혼 초에는 서로의 습관과 가치관에 대해 이해할 수 없어서 갈등했다면, 아이가 생긴 뒤에는 육아에 대한 생각에서 부딪친다든지).

그런데 어제, 다시 찾아온 부부 싸움 앞에서 나는 내가 조금 달라졌다고 느꼈다. 예전 같으면 식음을 전폐하고 몸져누웠을 상황에서 나는 마음이 금방 진정되는 걸 느꼈다. 심지어 에너지를 너무 소진했다고 느껴서 냉장고에서 아이스크림을 찾아 먹었다. 시원하고 달콤한 아이스크림을 입에 넣으면서 생각했다. 올 것이 또 왔구만. 한동안 안 와서 편하다 싶었는데. 나도 모르게 전쟁 아닌 전쟁 또한 결혼의 일부임을 받아들이고 있다는 것을 알았다.

결혼 초에는 그 사실을 받아들일 수가 없었다. 갈등이 찾아올 때마다, 사랑하는 사람이랑 더 행복하자고 한 결혼인데 어떻게 이렇게 된 거지, 순백의 웨딩드레스에 먹물이 튀어버린 신부처럼 나는 당황하며 징징거렸다. 결혼 15년 차가 된 나는 이제 웨딩 드레스 따위는 생각하지 않는다. 대신 먹물이 튀어도 되는 옷을 입어야지 생각한다. 그래도 먹물이 자꾸 신경 쓰이면 그 옷을 치우고 다른 옷을 입어야지 생각한다. 갈등이 찾아올 때마다 그것에 오래 연연해서는 이 파란만장한 결혼 생활을 이어나갈 수가 없다는 것을 나는 치열한 전장에서 제대로 배웠다. 이해할 수 없는 것들 앞에서 애를 쓰며 안달복달하는 대신 어쩔 수 없는 것도 있다는 것을 받아들인다. 빈번하게 찾아오는 갈등은 사랑의 문제가 아니라 다름의 문제라는 것을 인정하려고 한다. 다시 갈등을 마주할 때면 생각한다. 생이 끝날 때까지 서로를 완벽하게 이해할 수 없을지도 모른다고. 이해할 수 없는 그 모든 상황 속에서도 끝끝내 서로의 옆에 있기를 포기하지 않으려는 그 마음들이 우리에겐 더 소중하다고.

다른 부부들도 상황은 다르지만 어쩌면 조금 비슷한 시간을 통과하고 있지 않을까.

한 예능 프로에서 개그맨 부부가 여행을 떠났다가 금세 다투는 장면이 나왔다. 두 사람은 보는 사람이 불편할 정도로 냉랭한 시간을 보냈다가 곧 다시 언제 그랬냐는 듯 여행을 이어간다. 속마음을 말하는 인터뷰에서 아내는 이 상황에 대해 별것 아니라는 듯 이렇게 말한다.

16년을 살았는데 어떻게 여섯 시간 내내 행복하겠어요?

내내 행복하다는 건 거짓말이다. 지나간 모든 시간이 핑크빛으로 채워진 사람이 있을까. 우리는 그 안에서 복잡다단한 시간을 보내며 슬픔과 분노와 실망과 절망과 외로움과 서러움과 기쁨과 감동을 번갈아가며 느낀다. 우리는 절망과 슬픔으로 채워진 어떤 시간 때문에 인생 전체를 불행하다고 판단하기보다, 힘겨웠던 시간 속에서도 분명히 존재했던 소중하고 아름다운 시간을 떠올리며 행복한 인생이라고 말한다.

또 한 번의 전쟁 후에 화기를 가라앉히며 나는 다시 되뇌었다. 행복은 우리 일상에 잠시 머물다가는 순간이지, 계속 이어지는 것이 아니라고. 우리가 숱한 갈등을 견디며 사랑을 포기하지 않아야 하는 이유가 여기에 있다고.

한껏 불이 붙었던 마음을 식히러 창문을 열었다가 흐린 밤하늘을 비추는 작고 둥근 달을 발견했다. 먹물이 되어버린 것 같은 까만 마음에 들어온 달은 옛 시인의 입을 빌려 나를 이렇게 다독이고 있었다.

한 달 삼십일 밤

둥근 날은 하루 저녁인 것을

인생 백 년의 심사(心事)

모두 이와 같다오

_「보름달」, 조선 중기 송익필의 시

비빌 언덕에 관한 로망

아들　저는 정말 수학을 못해요.

어제 수학 문제집을 풀었는데 정말, 진짜 진짜 형편없었어요.

관장님　그럼 뭘 잘하는 것 같아?

아들　국어요. 국어는 항상 다 맞아요. 그리고 재밌어요.

관장님　못하는 게 있는 건 중요하지 않아.

네가 잘하는 게 있고 그걸 아는 게 중요하지.

아이가 태권도장을 다녀와서 내게 이 말을 전해주었을 때, 조금 찔렸다. 요전 날, 아이가 푼 수학 문제집을 채점하다가 아이

앞에서 한숨을 쉬고 말았다. 평소에는 많아야 한두 개 정도 틀리던 아이가 이날 거의 한 페이지를 다 틀려버렸다. 동그라미가 한 개도 없이 온통 체크 표시가 된 문제집을 보면서 나도 모르게 샤우팅을 날렸다.

"아니, 이게 말이 돼? 이 정도로 많이 틀리는 건 정말 아니지. 앞에서 다 설명해줬던 건데, 도대체 왜 그런 거야?"

두 자리 수 뺄셈을 여러 가지 방법으로 푸는 걸 배우는 단원이었다. 예시 문제가 있었지만, 아이는 그걸 제대로 보지 않은 채 대충 빈칸을 채웠다. 원리를 한 번 더 알려주고 다시 풀게 하면 되는 일이었는데 나는 어떻게 이런 것도 못 풀 수가 있냐고 타박을 하며 짜증을 냈었다. 아이는 당연히 이런 반응이었다.

"나는 수학이 정말 싫어. 나는 정말 수학 바보야."

아차 싶었지만, 이미 강을 건너버렸다. 아이는 풀이 죽었고, 앞으로 수학은 더 싫어하게 될 터였다.

아이를 키우면서 가장 조심해야지 했던 게 있다면 이런 거였다. 아이가 잘 해내지 못하는 것들 앞에서 얼굴을 구기지 않는 것. 비난하는 태도로 아이를 기죽이지 않는 것. 무언가를 잘해서 사랑하는 게 아니라 너이기 때문에 사랑한다는 걸 느끼게 해줄 것. 너는 존재 자체로 우리의 기쁨이라는 걸 항상 느끼게 해줄 것. 나는 항상 입으로만 그렇게 말해놓고 아이에게 가끔 상처를 주었다.

내 부모님은 사랑이 많은 분들이었다. 부모님이 나를 끔찍하게 사랑했다는 사실은 두 분이 내 곁을 떠난 뒤에도 나를 버티게 하는 힘이었다. 그런 내게도 쓰린 기억이 몇 가지쯤은 있다. 몇십 년이 지나도 불쑥불쑥 떠오르는 어떤 기억 중에 나를 조금 서럽게 만들었던 순간은 나를 보며 엄마나 아빠가 한숨을 쉬던 모습이었다.

한창 놀고 싶은 열두 살 때였던 것 같다. 나는 아이들과 무리 지어 대공원에 갔었다. 신나게 친구들과 놀다 보니 어느덧 해가 저물었다. 집으로 돌아오는 길은 환한 낮과는 조금 달랐다. 친구들과 나는 길을 헤매느라 꽤 많은 시간을 걷고 또 걸은 뒤에야 집에 올 수 있었다. 집에 들어가자, 아빠가 못마땅한 표정으로 나를 한 번 보고는 고개를 돌려버렸다. 잔뜩 힘이 들어간 아빠의 미간은 내게 이렇게 말하는 것만 같았다. 한심한 것, 너 같은 거랑은 말도 하기 싫다. 그날 밤, 아빠는 내게 한마디도 하지 않았다. 그모든 게 날이 어두워지도록 돌아오지 않는 딸아이에 대한 걱정 때문이었다는 걸 이해하기에 나는 어렸다.

원하는 대학에 원서를 넣지 못한 채(잔뜩 긴장했던 나는 수능 시험을 망쳤다) 평소 모의고사 실력보다 한참 떨어지는 대학의 면접을 보고 온 날, 나 다녀왔어, 하는데도 돌아보지 않던 엄마의 등도 기억이 난다. 말 없는 엄마의 등은 말하고 있었다. 딸에게 몹시 실망했다는 걸(훗날, 그것이 '네가 나고 내가 너야' 하는 엄마의 마음이었다는 걸 이해했지만). 가뜩이나 의기소침해진 열아홉의 나는 내가 더 싫어졌었다.

이상하게도, 어떻게 보면 무척이나 사소하고 별것 아닌 것 같은 이 비슷한 장면들이 잊히지 않고 가끔 생각나곤 한다. 그럴 때면 조금 기운이 빠졌다. 말을 잘 들어서, 무언가를 뛰어나게 잘 해내서 나를 사랑한 분들이 아니었다는 걸 알면서도 부모님이 내게 알게 모르게 전했을 무언의 비난 같은 것들이 어딘가에 작은 상처로 남아 있는 모양이었다.

오랫동안 나는 잘 해내지 못할 것 같은 일들 앞에 서면 긴장을 했고, 해내지 못한 일들 앞에서 자주 기가 죽었다. 아니면 말지 뭐, 다음에 잘하면 되지, 못하는 게 있으면 잘하는 것도 있겠지. 이런 대범한 마음을 갖는 게 나는 무척이나 어려웠다. 물론 타고난 기질 탓이 크다는 걸 알고 있지만, 아이를 키우는 부모가 되고 보니 가끔은 그런 생각이 들었다. 그때 엄마나 아빠가 나를 이렇게 대해줬다면 더 좋지 않았을까, 하는. 그래놓고는 나 역시 이러고 있는 거다. 그깟 수학 문제 좀 틀렸기로서니 뭐가 어떻다고. 이런 엄마이기에 아이는 나를 보고 자주 이렇게 물었는지도 모르겠다. 엄마, 지금 나보고 한숨 쉰 거야(어디 이것뿐이겠는가)?

　현실은 수학 문제 따위에 아이를 쩨려보는 엄마지만, 실은 나의 로망은 이런 것이다.

> (취기를 빌려 딸에게 하고 싶은 말이 뭐냐고 묻자)
>
> 　조금 철학적인데 아빠는 언덕이야. 비빌 수 있는 언덕이야. 그러니까 마음껏 비비라고. 소 떼나 양 떼도 비빌 언덕이 있어야지 살아가는 거야. 그게 남편이 될 수도, 다른 사람이 될 수도 있겠지. 너의 비빌 언덕은 아빠다. 아빠는 너의 비빌 언덕이라고 생각하라고.
>
> _ 「찐경규」, 카카오 TV

　언덕은 언제나 같은 자리에서 소 떼나 양 떼를 기다린다. 언덕은 한 번도 탓하지 않는다. 왜 이렇게 살이 쪘냐고, 뭘 그렇게 시끄럽게 우냐고, 왜 이렇게 늦게 왔냐고 말하지 않는다. 대신 너른 품을 내어준다. 소 떼와 양 떼가 마음껏 놀고 마음껏 쉬고 마음껏 달릴 수 있도록. 훌쩍 자라 결혼을 앞둔 딸과 술잔을 기울이며 이경규가, 아빠는 너의 비빌 언덕이다, 라고 했던 건 그런 의미였을 것이다. 언제까지나 아빠는 너를 사랑한다고. 네가 무엇을 하든, 무엇을 하지 못하든, 어디에 있든, 누구와 함께하든.

그런 사람이 되고 싶다. 실패하는 일을 배우는 게 견디기 힘들 때, 실수 투성이의 자신이 더없이 못나 보일 때, 이 세상에 내가 꼭 필요한가 하는 의문이 들 때, 찾아가면 편한 마음으로 잘 쉬고 잘 먹고 잘 논 다음 다시 세상에 나아갈 용기를 얻는 비빌 언덕 같은 사람. 누군가에게 그렇게 비빌 언덕 같은 존재가 될 수 있다면 버티고 견뎌온 지난날들이 헛되게 느껴지지 않을 것 같다.

그러기 위해서 일단은……,

나보다 열네 살 어린, 아직 아이가 없는 태권도 관장님께 아이를 사랑하는 법부터 다시 배우기로 한다.

오래 살수록 인생은 더욱 아름다워진다

노인은 시간의 비밀을 알고 있다.

_「서두르지 마라」, 슈와프의 시

    그래서였을까. 삶이 기쁨보다 슬픔에게 더 많은 자리를 내주는 것 같다는 어설픈 짐작을 하기 시작한 스물 몇 살부터 나는 노인에게 관심이 많았다. 배신과 절망에 시달리면서도, 사랑하는 사람을 여러 번 먼저 보내면서도, 빛나는 젊음을 잃어가면서도 깊어진 주름과 눈빛으로 여전히 굳건하게 생을 버티는 그들을 나는 언젠가부터 존경하고 사랑했다. 가끔은 너무 묻고 싶었다. 그들이 알고 있는 시간의 비밀에 대해.

얼마 전 책을 읽다 내가 왜 노인들을 보면 가끔 경의를 표하고 싶었는지, 왜 젊음을 다 내어준 그들이 그토록 근사해 보였는지 그 답을 조금은 알게 되었다.

사회심리학책인 『부정성 편향』의 한 챕터에는 부정적인 상황을 대하는 노인들의 성향에 대해 자세히 나와 있다. 책에서 언급한 예를 들자면, 눈동자의 움직임을 추적하는 실험에서 노인들은 젊은 사람들보다 웃는 얼굴은 더 바라보고 찡그리거나 화가 난 얼굴은 덜 바라봤다. 놀란 표정을 한 얼굴을 봤을 때도 젊은 사람들은 뭔가 나쁜 것을 봐서 지은 표정이라고 생각하지만, 나이 든 사람들은 유쾌한 흥분의 표정으로 해석하는 경우가 많았다. 실제로 노인들의 뇌를 촬영한 결과, 정서를 관장하는 영역이 부정적 사진에는 더 적게, 긍정적 사진에는 더 많이 반응했다. 노인들은 자신에 대한 비판을 들었을 때도 젊은 사람들보다 화를 덜 냈다. 생리학적으로도 이 사실을 설명할 수 있는데, 남성 노인들은 테스토스테론(남성 호르몬)이 적게 분비됨에 따라 덜 공격적이고 더 공감력이 높아지고, 여성 노인들은 에스트로겐(여성 호르몬)이 적게 분비되어 불안감은 줄어들고 자신감이 더 높아진다고 한다. 물론 노인들의 이런 긍정성은 무조건적인 건 아니다. 신체가 노화되며 발생하는 어려움에 묻히지 않고 일상 속에서 긍정적인 사고를 하려는 정신적인 노력도 필요하다는 얘기다.

　다행인 것은 젊은 시절보다 이런 노력이 더 쉽게 느껴진다는 것이다. 젊은 사람들은 살아갈 날이 더 많기 때문에 자연스럽게 미래에 더 집중하지만, 노인들은 남겨진 시간 앞에서 장기적이고 거창한 목표를 추구하는 대신 '지금 이 순간'에 집중하기 때문이다. 노인들의 많은 점이 존경스럽지만, 그중에 가장 부러운 건 이런 태도였다. 많은 아픔과 고통과 실망을 견뎌오며 갖지 못한 것을 후회하고 아쉬워하는 대신 얻은 것에 집중하는 것. 그 예로 책이 소개한 영화 속 한 장면에 나는 푹 빠져버렸다.

　　험프리 보가트(Humphrey Bogart)가 활주로에서 서서 잉그리드 버그먼(Ingrid Bergman)에게 작별 인사를 할 때, 그는 자신이 잃어버린 것을 생각하는 대신, 여전히 남아 있으며 누구도 빼앗아 갈 수 없는 것을 생각한다. "파리는 언제나 거기 있을 거요."

　파리는 한때 사랑했던 릭(험프리 보가트 분)과 일리자(잉그리드 버그먼 분)가 열렬하게 사랑했던 장소다. 릭은 모로코의 카사블랑카에서 술집을 운영하던 중, 전란을 피해 온 일리자(이미 남편이 있는)를 다시 만난다. 두 사람은 재회의 순간부터 잊었던 사랑의 감정을 다시 느낀다. 하지만 릭은 그 마음을 감춘 채 나치에게 쫓기고 있던 그들(일리자와 그의 남편)이 안전하게 떠날 수 있도록 돕는다. 영화의 마지막 장면, 사랑하는 이를 비행기에 태워 떠나보내는 릭이 그를 애틋하게 바라보는 일리자에게 건넨 작별의 말이 바로 그거였다.

파리는 언제나 거기 있을 거요.

어쩔 수 없는 상실 앞에서, 원하지 않는 이별 앞에서 언젠가 나도 이렇게 말할 수 있을까. 그 누구도 내게서 가져갈 수 없는 소중한 무엇을 언제까지나 지킬 수 있을 거라고. 그 사실 하나만으로 우리는 충분히 살아갈 수 있다고 그렇게 말할 수 있을까.

엄마와 아빠의 가슴을 울렸다는 고전 흑백 영화 「카사블랑카」를 곁눈질로 보던 어린아이에서 어른이 된 나는 가끔 할머니가 될 어느 날을 상상한다. 인생에 대한 기대와 실망을 반복하는 시간이, 받아들이고 싶지 않았던 실패와 시련의 순간들이, 상실의 서러움과 그리움에 먼 곳을 바라보던 외로운 나날들이 결국에는 다시 생의 선물로 돌아온다는 진실을 확인하며 느릿느릿 걸어가는 할머니를 그려볼 때면 다큐멘터리 영화 「인생 후르츠」가 생각난다. 90세 건축가 할아버지 '츠바타 슈이치'와 87세의 못 하는 게 없는 슈퍼 할머니 '츠바타 히데코'의 더없이 평화롭고 담백한 일상을 담은 이 영화에는 아름다운 카피가 많이 나오는데, 그중에 언제까지고 기억하며 믿고 싶은 말은 역시 이거다.

오래 살수록 인생은 더욱 아름다워진다.

3장

우리의 어둠이 결코 부끄럽지 않은 이유

배 아픈 사람들을 위하여

"나는 배 아픈 가수다."

무명 가수들의 오디션인 「싱어게인」에 이승윤이란 가수가 첫 등장하며 자신을 이렇게 정의했을 때, 이 말은 꽤 화제가 됐다. 왜 배 아픈 가수일까. 그의 설명은 간결하고 솔직했다.

뛰어나신 분들을 시기하고 질투하는 게 저의 재능이거든요.

그의 말에 웃음을 터뜨리면서 속으로 '나도 그런데'라는 말을 하지 않은 사람이 있었을까. 만약 있다면, 나는 (부러워하는 재능이라면 누구에게도 뒤지지 않을 자신이 있는 터라) 그 사람마저도 부러워할 것 같다. 그들의 배포와 자신감과 강인함이 솔직히 부럽다. 하지만 어쩐지 내가 마음이 가는 이들은, 질투에 빠져 때때로 가라앉기와 올라오기를 반복하는 사람들이다. 나만 그런 게 아니구나 하는 마음은 언제나 삶을 안정시킨다. 그 느낌을 내가 선망하고 감탄하던 존재에게서 발견하기라도 하면 나도 모르게 슬쩍 입꼬리가 올라가는 걸 감출 수 없다.

최근에는 심보선 시인의 산문집 『그쪽의 풍경은 환한가』를 읽으며 비슷한 느낌을 받았다. 심보선은 시인과 사회학자의 길을 걸으며 대중과 문단의 사랑을 받는 존재다. 나 역시 그의 시 「슬픔이 없는 십오 초」를 읽다가 시집을 내려놓고 '누구나 잘 안다 이렇게 된 것은 / 이렇게 될 수밖에 없었던 것이다' '이제 막 슬픔 없이 십오 초 정도가 지났다 / 어디로든 발걸음을 옮겨야 하겠으나 / 어디로든 끝간에는 사라지는 길이다' 이런 문장 앞에서 깊은 숨을 한 번 내쉬고, 천천히 필사했던 기억이 있다. 문학을 사랑하는 이들에게 '심보선'이란 이름 역시 질투의 대상이었을 것이다. 그런 그가 이 책에서 눈에 띄게 자주 사용한 단어가 있는데, 그게 바로 '질투'와 '부러움'이었다.

그는 책 속에서 "엄밀히 말하면 그는 누구나 할 수 있는 것을 두루 잘 하는 사람"이라며 존 버거를 대놓고 시기하고, 대가로

꼽히는 장 주네와 알베르토 자코메티가 삶과 예술에 대해 나누는 대화와 사유는 물론 그들의 우정까지 배 아픈 듯 질투하고, 심지어 상실과 그리움을 예술로 승화한 백석과 파베세를 언급하면서 자신에게는 없는 서러움이 부럽기 짝이 없다고 고백한다. 질투의 고백은 계속 이어지는데 이제 그는 아이를 둔 부모 작가들까지 시샘한다. "모든 경이와 행복과 슬픔과 고통의 기록"을 할 수 있는 부모라는 자리에 대한 부러움이었다.

그의 질투에 대한 고백들을 곳곳에서 찾아내며 어떤 안도와 행복을 느끼던 나는 책을 덮고 난 뒤, 그의 모든 부러움과 질투가 결국은 지극한 찬사와 다르지 않다는 것을 곧 깨달았다. 그는 기타를 치며 노래하는 시인들에게 질투가 난다고 말하면서 그들을 "사라지는 시의 리듬을 기타와 노래의 힘으로 보존하는 무형문화재 같은 존재"라고 정의하며 경탄을 보낸다. 동료 최승자의 시 앞에서 역시 무한한 부러움을 표출하며 "죽음에 집중함으로써 오히려 세계로 확장하고, 현재의 청년들의 삶에까지 가닿는" 언어라며 칭송해 마지않는다.

부러움에 대한 그의 다양한 고백을 마주하면서 알게 됐다. 멋진 질투라는 게 있을 수 있겠다고. 어떤 질투는 뛰어난 재능을 가진 이들을 인정하며 감탄과 찬사를 보내는 마음과 같은 뜻이라는 것을 말이다. 그럴 때의 질투는 질투하는 사람을 앞으로 나아가게 하는 동력이 된다. 나도 그렇게 되고 싶다는 뜨겁고 절절한 마음들이 때로 자신이 닿고 싶은 어떤 미래로 이끌어주기도 하니까.

배 아픈 가수 이승윤은 오디션 우승자가 된 후 한 인터뷰에서 이런 질문을 받는다.

"배가 아픈 가수시잖아요. 1위를 하고 나니까 배가 좀 어떻든가요?"

> 배가 아프다는 것은 창작자로서 좋은 자세라고 생각하거든요.
> 계속 배가 아플 생각입니다.

거의 모든 사람을 보면서 배가 아팠다는 그는 78세까지 배가 아플 계획이라고 했다. 심사위원 중 한 사람인 김이나 작사가는 이승윤이 처음 배가 아픈 이유에 대해 말했을 때, 이렇게 말했었다.

> 본인이 알면 그때부터는 동경이나 선망이에요.

그 말에 이승윤은 재빨리 이렇게 말했다.

그러면 제 재능은 동경으로 바꾸겠습니다.

어떤 대상에 대한 솔직한 부러움과 찬사는 결국 우리가 사랑해 마지않는 대상과 진정으로 교감하는 일이기도 하다. 그러므로 계속 배가 아프겠다는 선언은 뛰어난 존재들에게서 눈을 떼지 않고 동경하고, 교감을 나누며, 애정과 상상력을 더해 나만의 것을 잘 만들어가겠다는 다짐이기도 할 것이다. 그 다짐이 얼마나 힘이 있는지를 보는 일은 멋지고 즐거운 일이다. 덕분에 나 또한 뛰어난 존재들에게 수없이 질투하고 시샘하는 자신을 전보다 편안한 마음으로 대할 수 있을 것 같다. 경탄과 부러움이 섞인 이 복잡다단한 마음이 언젠가는 내게 하나의 길을 알려주는 훌륭한 지도가 될 수 있다는 걸 알게 됐으니 말이다.

살려달라고 말할 수 있는 용기

만나지 못한 사이, K는 1년간 우울증약을 먹었다고 했다. 나이는 속절없이 먹어가는데 좀처럼 마음대로 되지 않는 많은 일이 K를 버겁게 했다. K는 라디오에서 메인 작가로 활동하다 몇 년 전부터 드라마 보조 작가로 일을 계속 해왔다. 오랜 경력을 포기하고 새로 일을 시작할 만큼 드라마를 사랑했지만 때때로 자괴감이 들었다. 드라마에 바친 시간에 비해 돌아오는 보상들은 언제나 터무니없이 작았다. 좋은 기회를 얻어 쭉쭉 성장하는 선배나 동료를 보는 일도 힘에 겨웠다. 반듯한 작품은 언제 써낼 수 있을지, 허황한 꿈을 꾸는 것은 아닌지 불확실한 미래에 대한 물음표들도 수시로 K를 괴롭혔다. 그럴 때마다 자신감은 바닥을 쳤다.

자꾸 몸이 가라앉았고, 일어나기 싫은 날이 많아졌다. 이렇게 살아서 뭐 하나 싶은 마음이 바닥을 쳤을 때 안 되겠다 싶어 정신과 상담을 받았고, 자꾸 가라앉고 처지기만 하는 육체를 위해 각성 효과가 있다는 약도 먹었다. 크게 나아지는 건 없었다.

그즈음 문득 K는 자신이 사랑하는 이들과 자신을 사랑해준 이들에게 연락을 하고 싶다는 생각이 들었다. 그냥 막연하게 그들이 보고 싶었다. 그래, 나도 이렇게 사랑받는 사람이었지. 그때 그 느낌들을 잊지 않고 싶었다. 그 순간들을 기억할 수 있다면 한없이 자신이 미워지고 하찮게 여겨지는 마음을 조금은 내다버릴 수 있을 것 같았다.

만삭의 몸인 K에게 맛있는 것을 사주겠다고 두 시간도 넘게 차를 타고 K를 만나러 와주었던 언니. 한동네에서 자라 수시로 만나고 싸우면서도 힘들 때면 언제나 말없이 곁에 있어주던 초등학교 친구들. 처음 만난 순간, 언젠가 네가 대작가가 되어서 나한테 인사하러 올 것 같은 예감이 들었다는 말로 자신을 감동하게 했던 선배 언니. K는 고마웠던 사람들에게 안부를 묻는 문자 메시지를 보냈다. 굳이 지금 자신의 상황을 얘기하지는 않았다. 대신 아주 맛있는 밥을 꼭 한 번 사주고 싶다고만 했다. 그중에는 만난 지 그리 오래되지 않은 이도, 꽤 오래된 이도 있었지만, 모두 K의 메시지에 반갑게 답장을 했고 만나기로 약속을 잡았다.

한 사람 한 사람 만날 때마다 K는 그때 참 고마웠다고 말했다. 나를 위해 멀리까지 찾아와주어서 정말 고마웠다고. 너희들과 함께 어린 시절을 보낼 수 있어서 참 행복했다고. 내 가능성을 크게 봐준 선배의 말이 아주 오랫동안 큰 힘이 되었다고 고백했다. K는 그저 고백만 하고 싶었다. 우울증이 심해지다 언젠가는 이런 마음마저 사라져버릴까 두려웠다. 늦기 전에 그 마음을 꼭 전하고 싶었다.

그들을 만날 때마다 K는 약속대로 밥값을 내려고 했으나 실패했다. K의 지인들은 한사코 K가 계산대로 가는 것을 말렸으며, 조만간 꼭 다시 만나자는 말을 했다. 소중했던 사람들을 한 명씩 만날 때마다 K는 조금씩 나아지는 기분이 들었다. 그래, 나는 이렇게 사랑받는 사람이었구나. 나 꽤 괜찮은 사람이었어. 이런 마음이 참 오랜만이었고 반갑고 좋았다. 그중에 한 선배는 K의 상처와 상태를 금세 알아보았다. 선배는 말없이 K에게 제안을 하나 했다.

"나 요즘 도서관에서 글 쓰는데. 너도 바쁘지 않으면 매일 나오는 게 어때?"

한동안 침대에서 나올 줄 모르던 K는 그날 이후 매일 도서관으로 출근을 했다. 글 쓰는 선배 옆에서 K는 책을 읽거나 함께 글을 썼다. 선배는 성실하고 감각 있는 후배의 글 실력을 알고 있었기에 함께 책을 내자고 제안했다. 책 작업이 마무리될 때쯤 K의 우울증은 많이 좋아졌다. 그렇게 매일 누군가를 만나면서 K는 어둠의 시간을 견뎠다.

나는 그것이 용기라고 생각한다. 살려달라고 말할 수 있는 용기. 어떤 이들은 고통받을 때마다 막연히 생각한다. 이 고통을 내가 굳이 말하지 않아도 누군가는 알아주겠지. 누군가에게 먼저 연락해 상황을 알리고 도움을 청하지도 않은 채. 그러다 불쑥 원망을 털어놓는다. 내가 힘들 때 당신은 뭘 했느냐고. 내가 이렇게 아픈데 마음 한번 써봤느냐며.

말하지 않아도 나의 아픔을 누군가 헤아릴 수 있다면 얼마나 좋을까. 그러나 삶은 그렇게 쉬운 것이 아니다. 손을 내밀지 않는 사람에게 누군가 손을 내미는 경우는 흔하지 않다. 다른 이들 또한 저마다의 삶을 견뎌내느라 고군분투하고 있기 때문이다. 하지만, 손을 내밀어 도움을 청하면 누군가는 잡아준다. 나를 아끼는 어떤 이가, 마음 따뜻한 누군가가, 그와 비슷한 상황을 건너온 사람이 내 손을 잡고 말해준다. 그렇게 힘든데 왜 혼자 견디고 있느냐고.

어떤 사려 깊은 이는 이렇게 말할지도 모른다. 사람은 누구나 약하다고, 때때로 힘들고 아픈 건 당연한 거라고, 혼자서는 살 수 없는 거라고, 손을 내미는 건 당연한 거라고, 어서 와 손잡고 같이 걷자고. K의 선배가 그런 사람이었을 것이다. 선배는 어둠의 시간에 후배가 혼자 있도록 두지 않았다. 그 손을 잡을 수 있었던 건 손을 내밀었기 때문일 것이다. 가만히 있어도 어딘가에서 도움의 손길을 내밀어주겠지 하며 기다리지 않고, 누군가에게 괜한 원망과 섭섭함을 토로하지 않고 힘을 내어 누군가를 찾아 나선 덕분이라고 생각한다.

K는 의식하지 못했지만, 온몸과 마음으로 말하고 있었을지 모른다. 나를 제발 좀 살려달라고, 나는 지금 너무 힘이 든다고, 당신의 사랑이 필요하다고. 삶에서 떨어져 나가지 않기 위해 안간힘을 내며 손을 내밀던 K의 그 용기를 생각할 때마다 나는 항상 마음이 울컥해진다. 열렬한 박수를 보내고 싶어진다.

우리에겐 때로 '자뻑'이 필요하다

어제는 괜찮게 느껴진 원고가 오늘은 별로다. 이런 건 누구나 쓰겠다 vs 그래도 메시지는 나쁘지 않았잖아. 더 정확한 문장을 골랐어야지 vs 문체가 나쁘지 않던데. 글을 쓰기 시작하면 언제나 한바탕 전쟁이 벌어진다. 자기 확신과 자기 의심의 싸움. 그 팽팽한 접전에서 지지 않아야 작업을 이어갈 수 있다.

여느 날처럼 '할 수 있어'와 '난 안 돼'가 엎치락뒤치락하던 어느 오후, 동시를 쓰는 친구가 웹진에 실린 자신의 작품을 보내주었다. 아이 둘을 키우면서 등단한 뒤로 청탁을 받아 꾸준히 작품을 내는 친구가 대견해 폭풍 칭찬을 했다. 기뻐해도 될 법한데 이미 지면에 실린 동시를 놓고도 친구 역시 이렇게 고칠걸, 저렇게 쓸걸 하고 후회한다고 했다. 힘들어도 꾸준히 작품을 쓰고 모아 동시집을 내는 게 꿈인 친구는 요즘 여러 잡지에 실린 경력으로 창작기금에 지원할 계획이라고 했다. 몇몇 재단에서 등단 몇 년 이내의 신인 작가들에게 책을 출판할 수 있는 창작기금을 분야별로 지원하는데 그간의 이력과 작품을 내면 심사를 받을 수 있단다. 선정되면 '○○문화재단 선정'이라는 문구를 넣어서 출판하게 된다고 설명하던 친구는 끝에 이 말을 보탰다.

"그런데 계약할 때 조심해야겠더라."

친구도 그 이야기를 들은 모양이었다.

16년 전, 신인 작가였던 그녀는 한 출판사로부터 연락을 받았다. 잡지에 나오는 시리즈에 실릴 거라며 작품을 만들어달라는 제안이었다. 신인이었던 그녀는 누군가 내 작품에 관심이 있다는 것, 대중에게 내 작품을 선보일 기회가 있다는 것에 기뻤을 것이다. 그런데 계약서에 도장을 찍으려고 보니 좀 이상했다. 저작물의 이용 대가를 미리 일괄 지급하는 형태의 매절 계약. 저작재산권도 출판사에 양도하는 조건이었다. 공들여 만든 내 작품에 대한 대가로 이 정도가 과연 적당한 것인지, 작품을 만든 작가가 아닌 출판사가 저작권을 갖는 게 맞는 것인지 의문이 들었지만,

그것이 관행이라는 말에, 계약서를 변경하면 다른 신인 작가들과의 형평성 문제가 있다는 말에 강하게 어필하지는 못했다.

신인에게 이 정도 대우면 괜찮은 거다, 무엇보다 지면에 내 작품이 실릴 기회가 생긴 게 중요한 게 아니냐, 처음에는 다들 이렇게 시작한다, 다음에 좋은 기회가 있을 거다, 더 좋은 작품을 내서 빨리 유명해지면 된다. 이 비슷한 말들을 들으며 그녀는 이런 생각을 하지 않았을까. 기회를 얻는 게 더 중요하지. 일단 열심히 하자. 그러면 언젠가 알아주겠지. 다음 단행본 때는 계약서를 고쳐주겠지.

그녀의 작품은 그 후 40만 부가 팔렸고, 10여 개국에 번역 출간되었다. 뮤지컬과 TV 애니메이션으로도 만들어졌다. 콘텐츠 부가가치만 4000억 원. 이에 반해 작가에게 돌아간 경제적 수익은 1850만 원이었다. 출판사와 맺은 저작권 개발 용역 계약으로 그녀의 작품은 업무상 창작물이 되었고, 저작권이 작가가 아닌 회사 측에 있었기 때문이다. 그녀가 만든 캐릭터들이 2차 저작물로 만들어지는 동안 원작작인 그녀는 소외되었다. 그녀는 몸과 마음에 병을 얻고 7년 동안 작품 활동을 하지 못했다.

한국인 최초로 세계적인 권위의 아동문학상 아스트리드 린드그렌상을 수상한 백희나 작가 얘기다. 그녀는 출판사를 상대로 저작권 소송을 걸었지만, 모두 패소했다. 한 프로그램에서 그녀는 후배들에게 말했다. 이렇게밖에 길을 닦아주지 못해 미안하다고.

비슷한 일들은 또 다른 양상으로 출판계뿐 아니라 많은 일터와 현장에서 일어났었고 일어날 수 있다는 생각이다. 이름이 알려지지 않았다는 이유로, 어리다는 이유로, 경력이 짧다는 이유로, 노동에 대한 가치가 평가 절하되는 경우를 찾기 어렵지 않다.

방송국에서 일한 지 10년 차쯤 되었을 때, 나는 4년 넘게 한 시간짜리 라디오 음악 프로그램의 메인 작가로 일하고 있었다. 일하면서 몇 번의 피디가 바뀌던 중 K 피디를 만났다. 그는 함께 일하는 동안 다음 개편 때도 같이 일하자는 말을 자주 했다. 내 능력을 인정해주는 것 같아 내심 고마운 마음이었다. 개편 때 그가 두 시간짜리 음악 프로그램을 맡기로 하면서 나는 아마도 조금 기대했던 것 같다. 더 큰 프로그램에서 메인 작가로 일할 수 있는 기회가 올지도 모른다고.

"나도 큰 프로그램은 처음이어서, 애희 씨만으로는 솔직히 좀 불안하네. 그래서 이쪽 경험이 많은 B 작가에게 얘기를 했거든, 후배랑 투 메인(한 프로그램에 메인 작가 두 명을 구성하는 경우)으로 일할 수 있느냐고. 그게, 그렇게는 어렵겠다고 하더라. 그래서 말인데, 메인은 B 작가가 맡고 애희 씨가 서브(보조 작가)로 일해주면 좋겠는데.”

경력이 화려한 이름난 작가도, 같이 일하면서 호흡을 맞춰본 작가도 다 놓치지 않겠다는 얘기였다. 피디의 마음도 선배의 마음도 이해가 가지 않는 건 아니었다. 하고 싶은 프로그램이었고, 선배랑 일한 경험이 별로 없었던 터라 잘 배워야지, 하는 마음으로 고민 끝에 제안을 수락했다. 당연히 기분이 좋지는 않았다. 말하자면 그건 강등이었고, 너는 아직 부족하지, 하는 것만 같았으니까. 2년 뒤, K 피디는 다른 부서로 발령을 받았고, B 선배는 프로그램을 옮기기로 했다. 그동안 나를 지켜봤던 선배는 떠나면서 새 피디에게 나를 메인 작가로 추천했고, 피디도 동의했다.

며칠 뒤 피디가 나를 호출했다. 한 작가가 자신을 찾아와 같이 일하고 싶다고 했다는 거였다. 나보다 경력이 많은 선배였고, 이전에 이 프로그램을 해본 경험도 있는 작가였다. 피디는 흔들리고 있었다.

“애희 씨, 그냥 서브로 좀 더 일해줄 수 없을까? K 작가 알지? 애희 씨한테 얘기해보라고 하던데?”

경력이 화려하지 않다는 이유로, 두 시간 프로는 처음이라는 이유로, 다른 메인 작가들보다 나이가 어리다는 이유로, 자세를 낮췄고 그렇게 2년을 보냈다. 순간 회의가 들었다. 언제까지 일할 수 있는 것만으로 감사하며 고개를 숙여야 하는 거지. 나를 아웃시키지 않고 계속 일하고 싶다는 건 내 능력을 인정한다는 뜻이기도 했다. 나는 문득 그들이 내 능력을 조금 더 값싸게 이용할 기회를 찾고 있는 게 아닐까 하는 의심이 들었다. 이번 한 번만 이해해달라면서, 조금만 더 참고 기다리면 더 좋은 기회가 있을 거야 하면서.

나는 부족한 점을 채우기 위해 노력하고 최선을 다했던 그간의 자신에게 당당해지고 싶었다. 나는 그 자리에서 피디에게 말했다.

"저는 음악 프로그램을 꽤 오래 했고, 이 프로그램에 대해서만큼은 누구보다 많이 알고 잘할 수 있다고 생각합니다. 지난 2년 빼고는 저도 꽤 오랫동안 메인 작가로 활동했고요. 물론 K 선배님 잘 쓰시는 거 알고 있습니다만, 계속해서 서브 작가로 일할 생각은 없습니다. 서브 작가는 저보다 경력과 경험이 적은 후배들이 하는 게 맞는 것 같아요. K 작가를 메인으로 하고 싶으시다면 저는 그만두겠습니다."

나랑 일하고 싶으면 내 시간과 실력에 맞는 대우를 해달라고 말하고 싶었다. 더는 자세를 낮추고 싶지 않았다. 피디는 내 대답을 예상하지 못했는지 잠시 당황하는 듯했지만, 바로 마음을 정했다.

"그래. 알겠어. K 작가 얘기는 없던 일로 하고 이번 개편부터는 애희 씨가 메인으로 일하는 걸로 하지."

가끔 생각했다. 그때, 이전에 그랬던 것처럼 이견 없이 몸을 낮춰 그들의 제안을 수락했다면 어떻게 됐을까. 나이 많은 서브 작가로 늙어가다 나중에는 그 자리마저 어린 작가들에게 내줘야 하지 않았을까.

이후로 나는 내가 조금 달라졌다고 느꼈다. 피디들과 원고료를 가지고 협상할 때도, 프로그램에 대한 의견을 말할 때도, 나는 더는 작은 목소리로 "네, 네" 하지 않았다. 내가 나를 가치 있게 생각할 때 타인 또한 나를 제대로 대우한다는 것을 학습했기 때문일 것이다. 쉬운 일은 아니다. 우리는 모두 나 자신을 의심하며 갈등하고 성장하기 때문이다. 내가 그만한 가치가 있는가. 나는 아직 부족하지 않을까. 이제 막 일을 시작했거나 연차가 얼마 되지 않은 선수들에겐 자세를 낮추는 일은 더욱 당연하게 여겨진다. 신인 시절 우리는 수없이 듣기 때문이다. 이게 최선이냐고. 너 정도 사람은 얼마든지 구할 수 있다고. 네가 만들어낸 것은 하찮다고. 그러니 입 다물고 일단 하라는 대로 하라고. 열정 페이도 그런 문화에서 생겨났을 것이다.

때문에, 백희나 작가의 말을 기억해야 한다. 그렇더라도 당신 만큼은 당신과 당신 작품을 최고로 대우해주어야 한다고. 다음 은 없다고.

뮤지션 이적은 한 인터뷰에서 음악을 하고 싶어 하는 사람에 게 선배로서 어떤 이야길 해주고 싶냐는 말에 '자뻑'이 세질 필요 가 있다고 말했다. 자뻑이 센 친구들이 음악을 오래 한다면서. 이 말은 다른 분야에서 일을 하는 사람들에게도 어느 정도 통하는 말이 아닐까 싶다. 자신의 재능을 생각할 때 누구나 자기 의심과 회의를 반복하게 마련이다. 주변의 비난과 멸시는 우리를 자주 주눅 들게 한다. 때문에 '내가 최고야'라는 마인드가 없다면 우리 는 앞으로 나아갈 용기를 가지기 어렵다. 아무것도 없는 텅 빈 자 부심은 위험하겠지만, 실력을 갖추기 위해 부지런히 노력해왔다 면, 또 애쓰고 있다면 조금 더 당당해져도 괜찮다. 남들이 '자뻑' 이라고 말할지라도, 나를 최고로 믿는 그 힘이 많은 태클을 피하 게 해줄 테니까. 나를 함부로 대하려는 누군가에게 그건 아니라 고 힘주어 말할 수 있게 해줄 테니까.

사람들이 화를 내는 진짜 이유

내가 오늘 좀 지쳤었는데, 괜히 너한테 화풀이한 거 같아.

우리가 살면서 수없이 듣고 내뱉기도 했던 그 말을 드라마 속 장면에서 만난 순간, 갑자기 '설이' 생각이 났다. 자신 때문에 사람들이 항상 화를 낸다고 생각하며 잔뜩 어깨를 움츠렸던 아이. 소설 『설이』의 주인공. 설이가 이 말을 들었다면 어떤 생각을 했을까.

설이는 태어나자마자 음식물 쓰레기통에 버려졌다. 설이의 생모는 방금 태어난 아기를 새해 선물처럼 보이도록 예쁜 옷을 입혀 과일 바구니에 담아 보육원 앞에 버리려고 했다. 하지만 마지막 순간에 용기를 잃어 보육원 골목 어귀에 놓인 커다란 음식물 쓰레기통에 바구니를 처넣고 도망가버렸다. 설이는 필사적으로 울었다. 새해 첫날, 예배를 보고 돌아가던 보육원 원장이 고양이 울음 소리인 줄 알고 음식물 쓰레기통을 열었다가 설이를 구해냈다. 그 후 보육원에서 자라던 설이는 세 번 입양이 되었고, 세 번 파양을 당했다.

비극적인 출생과 평탄하지 못한 성장 과정을 보낸 설이를 힘들게 하는 게 많았지만, 무엇보다 설이를 괴롭힌 건 화를 내는 사람들이었다. 설이는 자신을 둘러싼 사람들이 화를 내면 왠지 자신 탓인 것만 같았다. 설이를 구하고 키워준 원장도 설이에게 소리를 지를 때가 있었다. 애써서 학교를 옮겨줬더니 왜 모든 과정에서 만점을 받지 못하냐고, 담임 선생님의 책상을 왜 닦지 않았냐고 화를 냈다. 그 말을 듣고 있으면 모두 자신의 잘못 같았다. 평소에 많이 의지하고 따르던 소아과 의사 선생님의 가족과 밥을 먹을 때도 그랬다. 사이가 좋지 않은 그들 가족이 서로를 노려보며 싸울 때, 그 모든 것이 설이 자신이 여기에 있기 때문이라고 생각했다. 설이는 그때마다 고통스러운 죄책감이 들었다. 여기 아닌 다른 곳에 있고 싶었다. 아예 세상에서 사라지고 싶다는 생각도 했다.

하지만 설이는 곧 놀라운 사실을 깨닫게 된다. 사람들이 누군가에게 화를 내는 진짜 이유가 얼토당토않은 곳에 따로 있다는 것을 알게 된 거다. 그것을 알려준 사람은 보육원에서부터 설이를 돌봐주고 키워주다 결국 자신의 집으로 설이를 데려간 이모였다. 이모는 설이에게 말한다. 원장님이 설이에게 화를 낸 것은 칠순에 형제들이 찾아오지 않을까 봐 두려워서라고. 사람들이 화를 내는 이유가 실은 다른 곳에 있을 수 있다고. 설이는 그 말을 듣고 깜짝 놀란다. 여태까지 누군가 설이에게 화를 낼 때마다 항상 이런 말이 마음속에 들리곤 했으니까. 이게 다 바로 너 때문이야! 이제 설이는 비슷한 상황에 놓일 때마다 침묵 속의 비난을 조용히 견디며 중얼거린다. 나 때문이 아닐 거야. 다른 이유가 있을 거야. 설이의 힘겨운 혼잣말에 답하듯 나도 중얼거렸다. 결코 너 때문이 아니야. 네 잘못이 아니야.

처음 이야기를 시작할 때 말한 드라마 대사처럼, 우리는 자주 지쳤다는 이유로 가까운 누군가에게 화를 낸다. 상대가 딱히 그렇게까지 잘못한 게 없는데도 상대가 그 순간 거기 있었다는 이유로. 너까지 도대체 왜 이렇게 내 속을 뒤집는 거야! 목구멍까지 치받힌 힘겨움을 화로 풀어버린다. 자신도 모르게 쏟아낸 그 말엔 알고 보면 간절한 바람이 들어 있다. 지금 내가 너무너무 힘이 드니까 나 좀 쉬게 해주면 안 될까? 나를 좀 따뜻하게 위로해 주면 안 될까? 부모가 아이들을 혼내며 흔히 하는 말. 도대체 커서 뭐가 되려고 그러니! 이 말을 들은 아이들은 생각한다. 자신이 정말이지 형편없는 인간이어서 부모조차도 자신을 싫어하는 거라고. 하지만 부모의 솔직한 마음은 사실 이런 것이다. 너를 많이 사랑하니까 무척이나 걱정이 된다. 당신은 어떻게 한 번을 제대로 사과하는 법이 없어? 한 번이라도 제대로 당신 잘못을 인정한 적 있었냐고! 핏대를 올리며 흥분하던 그 순간에 사실 누군가 진짜로 하고 싶은 말은 이런 것이었을지 모른다. 내 마음이 풀리도록 한 번만 진심으로 사과해줬으면 좋겠어.

이런 진실을 몰랐던 설이는 사람들이 자신에게 화를 낼 때마다 잔뜩 먹구름이 낀 마음이 되곤 했었다. 뒤늦게 사람들이 자신에게 화를 내는 이유가 다른 곳에 있을 수 있다는 것에 안도하며 설이는 생각한다.

지금 누군가가 네 잘못이 아니라고 말해주면 고맙겠다. 그들이 화를 내는 진짜 이유까지 알게 된다면, 상처는 나을 것이다.

_『설이』, 심윤경

참는 것이 미덕이라고 배우며 성장했지만, 사실 우리는 참는 것에 무척 서툰 사람인지도 모른다. 외로움, 억울함, 서글픔, 서러움, 안타까움 같은 감정 앞에서는 더 무력해지는 것 같기도 하다. 우리는 그런 감정이 올라올 때마다 마음 한구석으로 꾸역꾸역 밀어넣어 버린다. 억지로 꾹꾹 눌러넣은 감정들은 어느 날, 엉뚱한 곳에서 팡 터지고 만다. 그렇게 터져 나온 감정의 파편들은 다시 또 누군가에게 상처를 입힌다.

내가 돌보지 못한 감정의 폭발로 타인에게 입힌 상처를 어떻게 치유해줄 수 있을까. 설이는 말한다. 당신 잘못이 아니라고 말해주라고. 그렇게 화를 낸 진짜 이유를 말해달라고. 그래야 상처가 나을 수 있다고.

며칠 전, 양육 문제로 남편과 다투던 나는 치미는 화를 어떻게 하지 못한 채 아이에게 소리를 지르고 말았다. 그러니까 너도 똑바로 하란 말이야! 부모의 싸움을 피해 한쪽 구석에 숨어 있던 아이가 울음을 터뜨린 후에야 나는 내가 무슨 잘못을 저질렀는지 깨달았다. 그 밤, 나는 아이를 꼭 끌어안고 말했다. 절대로 너 때문이 아니라고. 아빠와 의견이 맞지 않아서 무척 화가 난 걸 참지 못했다고. 그걸 괜히 너한테 풀었다고. 엄마가 부족해서 그랬다고. 많이 미안하다고. 앞으로는 그런 일이 없을 거라고.

내 품에서 훌쩍이는 아이를 달래주며 세상의 모든 설이를 생각했다. 네 잘못이 아니라고 말해주길 애타게 기다리고 있을 작은 설이들을.

아니면 말고

인생은 배신의 연속이야.

윤여정 배우가 어느 인터뷰에선가 토크쇼에선가 했던 이 말이 다시 떠오른 건 한 소설 속 할머니의 고백 때문이었다.

인생에 무언가를 기대한다니. 얼마나 바보 같은 일인가. 그렇게 평생 동안 배신을 당해놓고도.

_「흑설탕 캔디」, 백수린

할머니는 젊음을 다 바쳐 아이들을 길렀으나 자식들은 툭하면 그녀를 원망했다. 딸들은 평생 아들들만 끼고도는 엄마 때문에 상처를 받았다고 말했고, 아들들은 누나들보다 잘나지 못했다는 이유로 무시하는 엄마 앞에서 평생 주눅이 들었다고 술만 마시면 소리를 질렀다. 이제 손주를 키우고 있는 할머니는 생각한다. 언젠가는 손주들도 빚쟁이처럼 당당하게 자신을 비난할 날이 오겠지.

애써 키운 자식들에게 당하는 배신 말고도 평생 동안 할머니의 기대를 저버린 일들을 상상하는 일은 어렵지 않다. 어른이 되면 더 행복할 거라고, 결혼을 하면 더는 외롭지 않을 거라고, 부지런히 내 시간을 바친 만큼 더 많은 것을 가지게 될 거라고, 사랑을 주는 만큼 받을 수 있을 거라고 기다렸지만, 윤여정 배우의 말처럼 배신의 연속이었을 날들. 언젠가부터는 인생에 대한 기대를 접자고 다짐했을지도 모르겠다. 상처와 충격에서 탈출하는 데는 체념이 최고니까. 그렇게라도 자신의 인생을 보호하고 싶었을 것이다. 그런데 할머니는 흔들린다. 타지에서 만난 외국인 할아버지가 마음속에 들어오면서.

그럼에도 이런 겨울 오후에, 각설탕을 사탕처럼 입 안에서 굴리면서 아무짝에 쓸모없는 각설탕 탑을 쌓는 일에 아이처럼 열중

하는 늙은 남자의 정수리 위로 부드러운 햇살이 어른거리는 걸 보고 있노라면 할머니는 삶에 대한 갈망과 미래에 대한 기대가 또다시 차오르는 것을 막을 도리가 없었다.

할머니의 고백을 읽으며 기대 따위에 다시는 지고 싶지 않다고 마음을 단단하게 무장했다가 나도 모르게 피어오르는 기대와 갈망에 마음을 내주던 날을 떠올렸다. 매번 속는 기분이면서도 이번엔 다르겠지, 하는 마음을 품던 날들. 무채색의 일상이 다시 무지개색으로 변하던 순간들. 무력한 일상에서 빠져나와 다시 신발 끈을 묶게 하던 시간을 생각하면 묻게 된다. 삶은 우리를 자주 배신하니까 정말이지 기대 따위는 품지 않으며 사는 게 더 좋은 걸까.

책을 쓰고 만드는 사람들은 자주 이런 희망을 품는다고 한다. 이번엔 잘 팔릴 거야. 수없이 면접에 떨어지면서도, 이번엔 나를 알아봐주겠지, 하는 마음으로 누군가는 취업을 포기하지 않는다. 사람에 대한 기대만큼 어리석은 게 없다고 말하면서도 어떤 이는 어쩌면 이번엔 진짜 내 사람을 찾을 수도 있을 거라며 다시 사람을 믿는다. 이런 기대와 희망 때문에 우리는 조금씩 앞으로 나아가기도 한다. 잘될 거라는 기대, 이번엔 다를 거라는 믿음이야말로 우리가 무언가를 시도할 수 있는 원동력이니까. 10년 동안 무명이었던 작가가 포기하지 않고 계속해서 작품을 내다 어느 날 베스트셀러 작가가 된 비결도, 끊임없이 실망하면서도 서로를 등지지 않고 삶을 이어가는 부부의 비결도, 사람에게 상처를 입다가도 사람 사이에서 다시 웃을 수 있는 소중한 순간도 우리가 기대하는 일을 포기하지 않았기 때문에 만날 수 있는 건 아닐까. 자주 실망하게 만드는 인생의 배신 앞에서 체념으로 일관했다면 우리가 가질 수 있는 행복은 무척이나 작아졌을지 모른다. 기대하고 시도하지 않았으니 다칠 일도 실망할 일도 없겠지만 대신 우리 인생에는 아무 일도 일어나지 않았을 것이다. 울 일도 없겠지만 웃을 일도 없었을 것이다.

그래서 소설 속 할머니가 설레는 마음으로 다시 인생에 대한 기대를 품었을 때 무척 반가웠다. 할머니가 할아버지를 만나면서 다시 차오르는 갈망과 기대를 애써 꾹꾹 눌러가며 마음의 문을 닫아버렸다면 할머니의 남은 시간은 이전과 다르지 않았을 것이다. 할머니의 사랑이 이루어지건 이루어지지 않건 다시 사랑에 대한 희망을 품으며 햇살 같은 인생을 잠시나마 느끼던 그 순간, 할머니는 아주 오랜만에 살아 있는 것 같은 행복을 느꼈다. 아마도 할머니는 그날들을 죽을 때까지 잊지 못할 것이다. 가끔은 그때를 돌아보며 주름진 얼굴에 고운 미소를 한 번씩 지을지도 모르겠다.

끝없이 실망하면서도 인생에 대한 기대를 포기하지 않는 일은 때로 대단히 어렵게 느껴진다. 고요한 정적 대신 요동치는 마음을 선택해야 하고, 숱한 배신에 무릎을 꿇지 않아야 하고, 반복되는 좌절에도 인생을 외면하지 않아야 하니까. 그래서 기대를 품는 일은 견디는 일과 다르지 않다.

그렇더라도 나는 체념하는 비관론자가 되느니 인내하는 낙관론자가 되고 싶다. 좌절과 실망에 자주 엎어지더라도 자주 마음이 부풀어 오르고 싶다. 그러려면 기대를 배반하는 인생에서 상처받지 않을 힘이 필요하다. 그래서 나는 항상 이 말을 마음에 품고 산다. 언젠가 다시 인생이 나를 배신하는 날, 손 놓고 가만히 당하지 않기 위해서. 언제 배신당했냐는 듯 다시 다른 기대와 희망을 찾아 떠나기 위해서. 박찬욱 감독의 가훈이기도 하다는 그 말은 바로 이거다.

"아니면 말고."

누군가 나를 싫어한다면

"네가 친구였다고 생각해봐. 친구 마음은 어땠을지. 속상했을 것 같지? 그럼 사과하자. 사과를 잘하는 것도 용기 있는 거야."

아이가 친구들과 작은 다툼이 있다 싶으면 아이를 늘 이런 식으로 가르쳤다. 그날도 그랬다. 친구들과 함께 게임을 하던 아이가 자신의 월드에 들어오려는 친구의 게임 캐릭터를 '킬'하고 말았다. 예전에도 비슷한 일이 있었다. 그때는 '킬'을 당한 친구가 울음을 터뜨리기까지 했다. 다른 점이 있다면, 그때는 함께 모여서 게임을 했고 이번에는 통화를 하며 각자의 집에서 게임을 했다는 것뿐이었다. 똑같은 일이 반복됐다고 생각한 나는 아이에게 사과할 것을 종용했다. 아이는 지난번에 친구가 울었던 일도 있고 해서 그런지 순순하게 엄마 말대로 친구에게 전화를 건 뒤 사과했고, 나는 그 일을 대수롭지 않게 생각했지만 간단한 문제가 아니었다. 그 밤, 친구들과 같이 한 게임이 재밌었느냐는 아빠의 물음에 아이가 갑자기 서러움이 폭발한 것처럼 참았던 울음을 쏟아냈으니까.

아이 나름대로는 억울한 모양이었다. 게임을 하다 보면 친구 캐릭터를 없앨 수밖에 없는 상황도, 서로의 월드를 부수게 되는 경우도 생기게 마련이었다. 친구들처럼 아이도 자신의 월드와 캐릭터를 공격받은 적이 많았다(게임 속에서 죽임을 당한 적도 물론 있었다). 그날, 아이가 친구의 캐릭터를 없앤 것도 자신이 애써 지은 월드가 공격당했기 때문이었다. 자기 나름의 이유가 있었으면서도 친구가 속이 상했을 거라는 말에 마음이 쓰였던 아이는 엄마가 하라는 대로 사과를 하긴 했지만, 마음 깊이 납득할 수는 없었던 거다. 결국, 아이는 아빠에게 억울한 마음을 호소하다 내리 30분을 울어버렸다(서러움은 서러움을 부르는 건지, 공부가 힘들다, 학원 가기 싫다, 엄마가 단호하다며 그동안 쌓인 것을 다 풀어내며……). 모두 엄마 탓이었다.

그 밤, 심란한 마음 때문에 오지 않는 잠을 청하며 생각했다. 이게 다 '좋은 사람 콤플렉스' 때문일지도 모르겠다고. 나는 은연중에 아이에게 바라고 있었던 것 같다. 모든 친구와 사이좋게 지내는, 모든 친구가 아끼고 사랑하는 아이가 됐으면 좋겠다고.

돌아보니 나는 아이가 친구들과 놀다가 혹여 다투기라도 하면, 아이의 이야기를 끝까지 들어보기도 전에 목소리가 크고 자기주장이 분명한 아이가 원인 제공을 했을 거라고 미루어 짐작하는 일이 종종 있었다. 그때마다 나는 얼른 사과를 시키기 바빴다. 내키지 않는 아이의 등을 떠민 적도 있었다. 나는 어쩌면 아이에게 강요하고 있었던 건 아닐까. 너 때문에 아무도 상처를 받으면 안돼! 누구도 너를 싫어하게 만들면 안 돼! 너는 누구에게나 좋은 친구가 될 수 있어! 어른인 나 자신은 정작 모든 사람을 사랑하며 살 수는 없는 거라고, 모두를 사랑하는 사람은 아무도 사랑하지 않는 사람이라고 믿었으면서. 누구나 상처를 주고받으며 살아간다고 말해왔으면서.

솔직하게 얘기하자면, 모두가 누구에게나 좋은 사람이 될 수 없다는 걸 인정하면서도 정작 누군가 나를 싫어하거나 내 말과 행동에 불편을 느끼는 것 같으면 나는 무척이나 스트레스를 받았다. 쿨한 척하면서도 내 안 어딘가에서는 누구에게나 사랑받기를 원하는 마음이 남아 있었던 걸까. 그런 마음이 아이에게 투사되어 무의식중에 아이는 누구에게나 사랑받는 사람이 되었으면 하고 바랐던 건지도 모르겠다. 이토록 이율배반적인 생각과 행동이라니. 불과 얼마 전만 해도 이런 드라마 대사를 메모하던 내가 아니었던가.

> 너무 모든 사람 마음에 들게 연주하려고 애쓰지 마.
> 콩쿠르 심사위원 전원에게서 8점 받으면 물론 1등 할 수 있겠지만, 때로는 한두 명에게 10점, 그리고 나머지에게 6, 7점을 받는 게 더 나을 수도 있어.
> 그렇다면 그 한두 명에게 평생 잊지 못할 연주가 될 수 있으니까 아무것도 겁내지 말고 너의 마음을 따라가봐.
>
> _ 드라마「브람스를 좋아하세요?」

바이올린을 연주하는 주인공에게 건네는 이 말이 나는 꼭 타인의 인정과 관계에 연연하는 우리를 위한 조언처럼 들려 생각했었다. 만나는 모든 사람에게 좋은 사람이 되려고 애쓰다 보면 타인의 마음에 들기 위해 내 마음이 기쁘지 않은 일까지 하게 되는 법이지. 내 마음을 돌보는 일을 포기하며 얻은 타인의 인정과 사랑으로 채워진 삶은 얼마나 공허할까.

밤새 잠은 오지 않았고 대신 아이가 울음을 터뜨리던 장면만 자꾸 떠올랐다. 나는 알게 모르게 아이에게 계속 강요했던 건 아니었을까. 모든 사람 마음에 들려고 애쓰라고. 그걸 아이는 본능적으로 거부한 건지도 모른다. 내 마음이 인정하지 않는 일까지 하면서 좋은 친구가 되고 싶진 않다고. 그러면 나는 행복할 수가 없다고. 아이의 뽀얗고 말간 볼을 타고 흐르던 눈물은 내게 새삼다시 얘기해주었다. 누구에게나 좋은 사람이 되려고 내 마음까지 외면하면 안 되는 거라고. 소수라고 해도 나를 있는 그대로 알아봐주고 사랑해주는 사람과의 진실한 인연만으로도 우리는 얼마든지 좋은 삶을 이어갈 수 있다고. 내게 특별하고 소중한 몇몇 사람을 열심히 사랑하며 살기에도 우리에게 주어진 시간은 부족하다고 말이다.

다음 날, 아이는 엄마의 걱정과 다르게 언제 싸웠냐는 듯 친구와 사이좋게 놀이터로 뛰어갔다. 다다다 뛰어가는 모습이 그날따라 마치 행복을 향해 최선을 다해 달려가는 모습처럼 느껴져 마음이 찡했다. 아이는 늘 기다려주면 제자리를 잘 찾아가는데, 언제나 어른인 내가 재촉하며 기다려주질 않는구나.

지금은 저렇게 자신을 향해 웃는 친구와 달려가고 있지만, 언젠가 아이도 한 번씩은 자신을 싫어하는 사람들 때문에 마음이 상하는 날이 있겠지. 그때가 되면 마음 한편에 잘 접어둔 이 문장을 아이에게 짠~ 하고 내밀며 가볍게 등을 토닥여줘야지.

뭐, 그건 그 사람 마음이지, 생각하면 마음이 편합니다.

_『일단 오늘은 나한테 잘합시다』, 도대체

못다 한 마음을 전하지 못할 때 우리가 하는 말

세 번째 책을 출간한 지 몇 달 지났을 때, 출판사에서 전화가 왔다.

"혹시 L 선생님, 아세요? 함께 일했던 디제이라고 하시면서 이쪽으로 연락을 주셨더라고요. 작가님을 애희 작가라고 부르시면서 전화번호를 남겨주셨어요. 연락 한번 주셨으면 좋겠다고."

10년도 전에 L 아저씨와 4년 가까이 「골든팝스」라는 프로그램에서 함께 일했다(그는 베테랑 디제이로, 나는 그 프로그램의 메인 작가로). 나는 L 아저씨를 좋아했다. 오랜 시간 방송을 했음에도 불구하고 흐트러짐 없는 아저씨의 성실함도, 오랜 연륜에서 나오는 하나의 아포리즘 같은 이야기도 좋았다. 나는 평소에 아저씨가 전해준 재밌거나 인상 깊은 이야기들을 잘 메모했다가 대본에 활용하곤 했는데 그때마다 아저씨는 내 성의를 알아보시고, 내가 만난 작가 중에 애희 씨가 최고야, 하며 칭찬을 아끼지 않았다.

프로그램이 개편되면서 아저씨는 다른 채널로 가셨고, 나도 다른 프로그램을 맡게 됐다. 몇 년 뒤, 방송작가 일을 그만두면서 아저씨께 연락을 드리는 일도 뜸해졌다. 그동안 엄마가 돌아가셨고, 아이가 태어났고, 다시 아빠를 보내드렸다. 큰일을 연달아 겪은 뒤, 삶을 붙들고 싶은 마음으로 다시 글을 썼고 책을 냈다. 아저씨는 우연히 이 소식을 들으시고는 직접 서점에 가서 내 책을 사 읽으신 다음 출판사로 연락을 하신 거였다. 반가운 마음으로 전화를 걸었다.

"잘 지내셨어요? 저 애희 작가예요."

"아, 애희 씨, 이게 얼마 만이야."

아저씨는 새 프로그램을 맡을 때마다 나와 다시 같이 일하고 싶었다는 고마운 이야기를 전하며 이렇게 말했다.

"우리 그때 참 좋았죠. 참 재미있게 일했는데. 나를 다정한 디제이(책에서 나는 아저씨를 이렇게 묘사했었다)로 기억해줘서 고마워요. 그리고 애희 씨……."

내 이름을 부른 뒤, 잠시 말이 없던 아저씨가 말했다.

"그동안 많이 힘들었을 텐데…… 힘들 때 못 가봐서 정말 미안해요."

아니에요, 하려는데 갑자기 목이 콱 잠겼다. 짧은 한마디였지만, 알 수 있었다. 아저씨가 나를 어떻게 생각하시는지. 전화를 끊고 나서도 한동안 마음이 뭉근했다.

L 아저씨를 생각할 때면 함께 떠오르는 사람이 있다. 독설과 위트가 넘치는 멘트로 사랑받는 방송인 K 선배(개인적으로 대학교 선후배 사이다). K 선배는 당시에 우리 프로그램에 꽤 오랫동안 게스트로 활동했다. 그때 무명에 가까웠던 K 선배를 피디에게 게스트로 추천한 건 나였다. 이전 음악 프로그램에서 한 주 정도 같이 일한 적이 있었는데, 그의 해박한 팝 지식과 순발력을 잘 알고 있었기 때문이다(K 선배는 라디오 게스트로 관심을 받다가 공중파 음악 프로그램의 디제이가 되었고 곧 TV에서도 특유의 화법으로 활발하게 활동하며 사랑받기 시작했다). 언젠가 선배는 자신이 쓴 책을 내게 선물하면서 이런 메모를 남겨준 적이 있다.

"사랑하는 후배님, 항상 고마워. 선배가 돼서 별 도움이 못 돼서 미안해."

이후로도 K 선배는 방송 일로 통화를 하다가 한두 번 더 그 말을 전해주었다.

두 사람 모두 내게 미안하다는 말을 했지만, 정작 나는 그들이 내게 조금도 미안한 일을 하지 않았다는 것을 잘 알고 있다. 그들은 방송을 함께 만드는 동안에도(그 후에도) 작가인 나를 다른 누구보다 무척이나 배려하고 존중해주었다. 어쩌면 두 사람은 "미안해"라는 말을 통해 평소에는 전할 수 없었던 어떤 마음들을 내게 전해줬던 게 아닌가 싶다. 네가 있어줘서 고마웠다고, 너에게 더 도움을 줄 수 있다면 좋았을 텐데 그러지 못해서 아쉬웠다고.

두 사람의 "미안해"를 떠올리며 그런 생각을 했다. "미안해"라는 말만큼 더 많은 마음을 담을 수 있는 말이 또 있을까. 내가 알고 있는, 나에게 도착했던 "미안해"를 다시 한번 들여다본다.

언젠가 오빠와 사소한 일로 싸우고 난 뒤 씩씩거리고 있을 때 핸드폰으로 들어온 오빠의 문자 메시지. 오빠가 못나서 미안하다. 자신의 모든 것을 다 주며 평생을 키워놓고도 입버릇처럼 엄마가 하던 말. 딸, 엄마가 이것밖에 못 돼서 미안해. 바쁜 일상에 치여 한동안 연락이 없던 친구가 전화를 걸자마자 해줬던 그리움이 담긴 말. 자주 연락 못 해서 미안해.

그들이 전해준 "미안해"를 다시 꺼내보며, 내게 닿은 소중한 마음들을 뒤늦게 읽는다. 여건이 되면 큰 힘이 되어주고 싶었던 마음과 더 많은 사랑을 주고 싶었던 바람과 너를 항상 아끼고 있었다는 진심들.

뒤늦게 그들에게 나도 말하고 싶다.

미안합니다.

당신들의 그 마음을 이제야 알아서.

제 마음도 당신과 같다는 걸 미처 다 전하지 못해서.

슬픔의 동지

놀이터에서 우연히 만난 처음 보는 아이와 어제 만난 친구처럼 노는 어린이들을 보고 있으면 마음이 흐뭇하다. 놀이의 기쁨에 동참해줄 누군가라면 또래이건, 형이건, 동생이건 가리지 않고 환영하는 아이들의 마음이 부럽다.

나이를 먹을수록 새로운 관계를 만드는 일이 쉽지 않다. 살면서 누군가와 마음을 나누는 일에 기대와 실망을 반복하며 관계의 경험치가 늘어날수록 마음의 벽도 조금씩 높아졌다. 인연의 허망함을 느낄 때마다 다시는 내 애정과 에너지를 쉽게 쏟지 않을 거라고 다짐하기도 했다. 지금 있는 사람들만으로 충분해. 어차피 다 스치는 인연이야. 더는 사람 때문에 쓸데없는 에너지 소

모를 하지 않을 거야. 어떻게 될지 모르는 관계에 시간을 쓰느니 나를 위해 시간을 쓰겠어. 그런 마음으로 적당히 인사하고 예의를 지키고 선을 넘지 않으며 몇몇 관계들만 유지하는 편이 현명하다고 생각했다. 언젠가부터 누군가를 새롭게 알게 되면, 여기까지만, 마음에 선을 그을 때도 있었다.

그런데 그렇게 세운 마음의 벽들이 어떤 순간을 만나면 여지없이 허물어진다.

J는 활달하고 유쾌한 기운이 넘치는 친구였다. 동네에서 한두 번 마주칠 때마다 반갑게 인사를 해주는 J에게 좋은 인상을 받았지만, J를 더 알고 싶다거나 더 친해지고 싶다거나 하는 마음은 품지 않았다. 누군가를 마음에 들이는 것도, 누군가의 마음에 들어가는 일도 고단하게 느껴지는 나이 탓이었는지도 모르겠다. 어느 날 J가 내 앞에서 후드득 눈물을 떨어뜨리기 전까지는 그랬다.

우연히 차를 함께 마시게 된 자리였다. 서로에 대해 잘 모르니까 이것저것 물어보던 차에 고향이 어디며 부모님이 어디 계시냐는 얘기를 나누게 되었고 나는 몇 년 전 엄마와 아빠가 돌아가셨다는 이야기를 아무렇지 않게 전했다. 혹여 듣는 사람이 미안해할까, 친구 같았던 엄마와 자상했던 아빠가 가끔 그립지만 이제는 괜찮다는 말을 덧붙이면서. 그때 J의 눈에서 후드득 눈물이 떨어졌다. 몇 해 전, J의 아빠가 중환자실에 입원하신 적이 있었다고 했다. J는 아빠가 쓰러졌다는 소식을 듣고 달려서 택시 정류장에 도착했을 때 주저앉아 택시가 올 때까지 울었다고 했다. 그 마음이 어떤 건지 너무 잘 알 것 같아서 J의 등을 가만히 쓸어주다 티슈 한 장을 건네주었다. 우리는 그날, 마음 안에 숨겨두었던 어떤 그리움과 두려움에 대해 오래 얘기를 나눴고, 나는 예감했다. J는 어쩌면 내게 특별한 사람이 되겠구나.

Y 언니는 말이 없지만, 말씨와 행동이 무척 다정한 사람이었다. 그런 마음결이 좋았다. 하지만 Y 언니가 좀처럼 내게 먼저 연락하는 법은 없었기에, 내 마음만큼은 아닌가 보다, 하고 나도 더마음을 쓰지는 않았던 것 같다. 서로 연락이 없다 보니 1년 넘게 Y 언니를 만나지 못했다. 어느 날, 한 버스 정류장 앞에서 우연히 Y 언니를 만났다. 거기서 만날 줄 몰랐던 우리는 잠시 반가워하다 근처 커피숍으로 자리를 옮겼다. 서로의 근황을 묻던 중에 Y 언니는 동생이 많이 아프다는 얘기를 전해주었다. 언니는 그렁한 눈으로 자신과 가족의 아픔을 누군가에게 얘기하는 데 죄책감이 들었다고 고백했다. Y 언니의 이야기를 들으며 내가 건넨 말은 고작 이런 거였다. 많이 힘들었겠다.

헤어져 돌아가는 길, 나는 짧은 문자메시지를 Y 언니에게 보냈다. 내게 이야기해줘서 고마웠어. 메시지에 남기지는 못했지만, 하고 싶은 말은 하나 더 있었다. 언니, 나는 언니 곁에 오래오래 머물고 싶어.

돌아보면 누군가가 특별해지던 순간은 이런 순간이었던 것 같다. 그의 아픔과 슬픔과 고통과 외로움을 알게 되던 순간. 슬픔을 연대하던 순간. 살면 살수록 산다는 일은 무언가를 잃어가는 과정이라는 생각이 든다. 기회를, 젊음을, 시간을, 사랑하는 사람을 하나씩 보내고 잃어버리며 영원할 수 없는 생의 속성 앞에서 누구나 슬픔을 느끼며 고통과 불안을 견뎌낸다. 그런 의미에서 슬픔에 관한 한 우리는 모두 동지가 아닐까. 타인의 슬픔 앞에서 우리가 걸음을 멈추었던 건 그래서였을 거다. 슬픔을 연대하면서 외로웠던 우리는 잠시 하나가 된다. 그럴 때면 생각한다. 어쩌면 우리는 그렇게 견디며 살아가고 있는 것만으로 서로에게 용기를 주고 있는 건지도 모른다고.

가끔 나는 아픔과 슬픔을 전해주던 사람들에게 이런 고백을 하는 나를 상상하곤 한다.

우리는 우리가 아무것도 아니라는 걸 잘 알아. 그래서 특별해졌어. 서로가 특별하다고 생각하지 않으면서도 특별하게 생각해. 우린 어쩌면 조금씩 다 아픈 사람들이고, 아파서 서로를 이해해주는 사람들이고, 어딘가 모자란 사람들이야. 모자란 걸 아니까 채워주고 싶어서 함께 있어.

_『내일은 초인간 1』, 김중혁

삶의 저변에 깔린 슬픔을 밟고 오늘도 우리는 다시 걷는다. 걷다가 웅크리고 있는 누군가의 등을 쓰다듬기도 하고, 울고 있는 이에게 티슈를 건네기도 하고, 조용히 옆에 앉아 그의 울음이 그칠 때까지 기다리기도 한다. 우리는 우리가 잃은 것들 때문에 때때로 슬픔에 겨워하겠지만, 슬픔이 다시 우리에게 가져다준 것들로 다시 또 삶을 이어나갈 것이다.

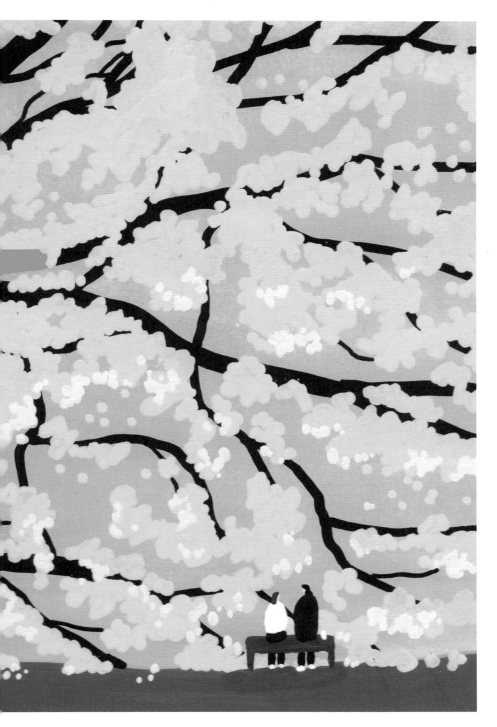

우리가 지키는 존재가 다시 우리를 지킨다

영화 「존 윅」의 주인공 존(키아누 리브스 분)은 '부기맨(형체나 모양이 없는 유령, 귀신, 괴물을 뜻하는데 무서운 인물이나 사건을 은유적으로 표현할 때도 쓰인다. 영화 속에서는 누구도 대적할 자가 없는 '공포의 킬러'를 뜻한다)'으로 불릴 정도로 킬러계의 유일무이한 존재였다. 사랑하는 아내를 만난 뒤 그는 더는 총을 들지 않았다. 창고 바닥을 파서 무기를 묻고 시멘트로 덮어버릴 정도로 그 다짐은 단단했다. 아내가 병으로 떠나고 난 뒤에도 변한 건 없었다. 그랬던 그가 시멘트 바닥을 부수고 다시 무기를 어깨에 짊어지고 길을 나선다.

우연히 영화 프로그램에서 소개하는 「존 윅」의 몇몇 장면을 보면서 궁금해졌다. 고독하지만 평온한 일상을 지키겠다는 그의 결심을 부숴버릴 만큼 그를 분노하게 한 진짜 이유는 뭘까. 악당도 아닌 존이 그렇게까지(영화를 본 사람들은 존이 도대체 몇 명을 죽이는지 세어보고 싶은 충동이 든다고 했을 정도니까) 많은 사람을 죽여야 했던 이유는 도대체 뭐였을까.

어느 흐린 오후에 나는 궁금증을 참지 못하고 「존 윅」을 틀었다. 아내의 장례식을 치르는 존의 모습으로 영화는 시작된다. 이제 그는 빈집에 홀로 들어간다. 정물처럼 앉아 있던 존에게 캔넬(개를 이동할 때 쓰는 개집) 하나가 도착한다. 캔넬의 문을 열자 호기심과 겁이 잔뜩 담긴 눈동자가 그를 바라본다. 귀를 축 늘어뜨린 강아지가 앞발을 조심스럽게 내밀자 존은 함께 도착한 카드를 연다.

존, 함께 있어주지 못해서 미안해.

하지만 누군가는 있어야지.

사랑할 대상이⋯⋯

아내가 죽기 전 그에게 남긴 선물이었다. 강아지를 보는 그의 표정엔 아무런 변화가 없지만, 그의 생활은 조금씩 달라진다. 온기가 있는 작은 존재는 조금씩 존의 품을 파고든다. 사료 대신 시리얼을 부어주던 무심한 주인은 결국 침대 밑에서 자신을 올려다보는 강아지에게 곁을 허락한다. 이제 그의 긴 밤을 깨우는 건 차가운 알람이 아니라 보드라운 털과 축축한 혀의 감촉이다.

어느 날, 존은 자신이 아끼는 차에 강아지를 태우고 주유소에 들렀다가 그의 차를 막무가내로 탐내며 무례하게 구는 일행을 만난다. 그들을 무시한 채 집에 돌아온 그 밤, 무뢰배들(낮에 만난)의 거칠고 무자비한 공격을 받게 된 존. 피를 흘리며 쓰러져 의식을 잃어가는 그의 눈에 들어온 풍경은 잔인했다. 공포로 가득 찬 커다란 눈망울로 주인을 찾고 있는 강아지의 신음을 들은 무뢰배들이 기어이 작은 생명에게까지 총을 겨눈다. 깨어난 존은 피를 닦지도 않은 채 창고 바닥에 묻어두었던 무기를 파내어 집요하고 잔인한 복수에 나선다.

"그냥 개새끼일 뿐이잖아."

개가 죽고 차를 도둑맞았다는 이유로 이렇게까지 피 튀기는 복수를 할 줄 몰랐던 적들은 존이 너무나 이상하다. 존은 이렇게 말한다.

"그깟 개라고?"

상실로 생이 꺾인 사람들은 회복하기까지 오랜 시간이 필요하다. 누군가는 영원히 회복하지 못한 채 감정이 없는 것처럼 삶을 이어간다. 존의 아내는 그 사실을 알았고, 남편이 제대로 살아가길 바랐다. 지키고 보살피며 사랑할 대상이 함께한다면 남편이 조금 더 잘 견딜 수 있으리라고 아내는 생각했을 것이다. 존은 그것을 '희망'이라고 불렀다. 나는 존이 다시 총을 든 이유를 얼마든지(액션 영화의 오락성을 생각하며 윤리나 도덕성을 차치한다면) 이해할 수 있을 것 같았다.

다시 존을 떠올린 건, 꿈에서 깬 어느 새벽이었다. 돌아가신 아빠가 꿈에 나왔다. 이 정도 시간이 지났으면(엄마가 돌아가신 지는 10년, 아빠가 떠나신 지는 7년이 되었다) 슬픔이 어느 정도 가라앉을 때도 되었다고 생각했다. 그렇다고 느끼기도 했다. 나는 그런대로 별일 없이 잘 살아가고 있었으니까. 가끔 좋은 일이 생기면, 엄마랑 아빠가 보셨으면 참 좋았겠다, 생각했지만 가슴의 통증은 아주 짧고 빠르게 지나갔다. 그런데 무의식은 또 다른 걸까. 그 밤 꿈에서 나는 발을 동동 구르고 있었다. 아빠에게 꼭 해드려야 하는 일이 남았는데 아빠가 나를 두고 떠나고 있었다. 꿈과 현실의 어디쯤인가에서 나는 내가 흐느끼는 걸 느끼다 이 모든 게 꿈이라는 걸 눈치채고는 빨리 깨어나고 싶어 고개를 세차게 저었다. 그때 '타타타탁' 아이가 복도를 뛰어 안방으로 달려오는 소리가 들렸다. 아이는 안방 문을 열자마자 내 품으로 와락 뛰어들었다. 절묘한 타이밍. 아이는(마치 모든 것을 알고 있다는 듯) 두 팔을 감아 나를 꼭 안았다. 제 방이 생겨 혼자 자다가도 잠이 깨면 전속력으로 엄마를 찾아 달려오는 아이 때문에 나는 더는 울지 않았다. 대신 품속에 들어온 아이의 보드랍고 따뜻한 등을 토닥였다. 아이는 언제나 그랬듯 따뜻하고 포근한 온기로 내게 말하는 것만 같았다.

'괜찮아, 엄마. 대신 내가 있잖아.'

나는 문득 깨달았다. 엄마! 하는 그 부름이, 나의 곁을 온전히 내어주던 그 모든 시간이 나를 부지런히 견디고 살게 했다는 것을. 아이를 안은 채 나는 언젠가 읽은 브레히트의 시를 생각했다.

내가 사랑하는 사람이

나에게 말했다.

"당신이 필요해요."

그래서

나는 정신을 차리고

길을 걷는다

빗방울까지도 두려워하면서

그것에 맞아 살해되어서는 안 되겠기에

_ 「빗방울도 두려웠다」, 베르톨트 브레히트

복수를 다 끝내고 만신창이가 된 존은 비틀거리는 걸음으로 유기견 센터로 간다. 존은 수많은 케이지 중 하나를 열어 웅크린 채 짖지도 않는 검은색 개 한 마리를 데리고 나와 목줄을 해준다. 비가 흩뿌리는 깊은 밤, 존은 개와 함께 걸어간다. 엔딩 장면을 보면서 나는 존의 아내가 카드에 적었던 또 다른 말을 생각했다.

난 이제 평화를 찾았으니 당신도 찾길 바라.

나는 때때로 예감하고 있다.

언젠가 슬픔이 맑게 가라앉는 날이 내게도 찾아오리라는 것을.

당신도 지키고 싶은 어떤 존재와 함께 무사히 그 시간을 견디고 살아내기를.

꼭 평화를 찾게 되기를.

두 손 모아 빈다.

4장

너의 긴 밤이 끝나는 날

길 위에 혼자 있다고 생각했는데 누군가 있네요

그런 폭우는 처음이었다. 그때 우리는 고속도로를 달리고 있었다. 흐릿한 날씨는 남부 지방으로 가까워질수록 주변 풍경을 수묵화처럼 만들어버렸다. 터널을 통과할 때마다 나타나던 산들이 연무 때문에 시야에서 사라졌다 나타나기를 반복했다. 몇 개월 만에 떠난 여행이었다. 이런 날씨도 그 나름의 분위기가 있지. 속 편하고 한가롭게 생각했다. 갑자기 하늘이 뚫린 것처럼 물 폭탄이 거세게 차 지붕을 강타하기 전까지는.

차들이 평균 시속 100킬로미터로 달리는 고속도로였다. 화살 같은 빗줄기가 차창을 내리치기 시작하자마자 가장 강한 세기로 와이퍼를 움직였지만, 아까까지 분명 보이던 앞차를 찾을 수 없었다. 날이 흐리거나 눈비가 올 때 다른 운전자를 배려하기 위해 켜는 전조등도 확인하기 어려운 상황이었다. 고개를 돌려 옆을 보니 차선도, 옆 차도 거짓말처럼 사라져버렸다. 아무것도 보이지 않았다. 온 세상이 그저 회색 빗줄기로만 가득 찬 것 같았다. 내 옆에는 아이가 타고 있었다. 도로는 2차선이었다. 자칫하다간 옆 차와 부딪칠 수도 있겠구나. 빗속에서 차들이 뒤엉켜 아수라장이 되는 장면이 영화처럼 머릿속을 훑고 지나갔다. 고개를 흔들어도 나쁜 상상이 멈춰지지 않았다. 그때였다. 희뿌연 물줄기가 쏟아지는 사이로 주황색 불빛 두 개가 깜빡거리기 시작했다. 앞차의 비상등이었다. 흔들리지 않고 말없이 운전하던 남편도 재빨리 비상등을 켰다. 깜빡 깜빡 깜빡 깜빡…… 너무 빠르지도 너무 느리지도 않은 적당한 리듬감으로 비상등은 말을 걸고 있었다. 나 여기 있어요. 나를 따라오면 돼요.

몇 번씩이나 조심하라는 말만 반복하던 내게 남편은 그제야 차분한 목소리로 말했다.

"괜찮아. 걱정하지 마. 앞차 따라가면서 속도 잘 조절하면 돼."

그때부터 내 눈은 비상등만 바라봤다. 빗줄기는 여전히 사정없이 내리치고 있었다. 잠시 뒤, 주황색 불빛은 두 개에서 네 개가 되더니, 여덟 개, 열 개…… 순식간에 늘어나기 시작했다. 앞차의 앞차, 앞차의 앞차의 앞차, 앞차의 앞차의 앞차의 앞차······ 도로 위에 있던 모든 차가 빠짐없이 비상등을 켜고 달리고 있었다. 차도의 폭도 길의 끝도 짐작할 수 없는 상황. 차를 집어삼킬 것 같은 강렬한 물줄기 속에서 의연하게 같은 속도로 깜빡이는 수많은 비상등은 꼭 빛의 지도 같았다.

주황빛 행렬은 폭우가 반복되던 그날 오후 몇 번이나 아름다운 장관을 연출했다. 그날 생각했다. 만약 이 위태로운 길에 우리가 혼자 있었다면 어땠을까. 폭우 속에서 서로가 서로에게 빛이 되어주는 광경을 한참 동안 바라보던 나는 예감했다. 이 순간을 오래도록 기억하며 두고두고 꺼내보게 될 거라고.

하루하루 버티는 데 온 정신을 쏟고 살다가 우연히 저쪽 구석으로 밀어두었던 삶의 진실들에 뭉클해질 때가 있다. 혼자가 아님을 깨닫게 되는 순간들. 우리가 지금 여기 이곳에 함께 살고 있다는 생각에 안도하게 되는 시간. 며칠 전에는 어느 법원을 지나가다가 많은 시민이 보낸 국화들이 벽을 가득 채운 걸 직접 보기도 했다. 조화에는 부모의 무자비한 폭력으로부터 아이를 지켜주지 못한 어른들의 안타까움과 미안함이 가득했다. "지켜주지 못해서 미안해. 사랑해." 시린 겨울바람 속에 줄지어 서 있는 국화를 보고 있자니 몇 년 전 무수한 촛불이 커다란 빛이 되던 순간이 떠올랐다. 닿을 것 같지 않은 서로가 함께하는 순간들은 언제나 뭉클했고 아름다웠다.

살다가 그런 장면들을 보게 되면 소중하게 캡처해서 내 마음의 가장 좋은 자리에 저장해두고 싶다. 누군가를 이해하려고 하면 할수록 외로워질 때, 해 지는 저녁 서늘해진 빛에 괜한 서러움이 들 때, 어느 밤 내 숨소리만 들리는 고요에 몸서리칠 때, 사람들과 세상에 시달리느라 한쪽 구석에 숨어버리고 싶은 마음이 간절할 때, 이유 없이 세상이 나를 소외시키는 것 같은 기분이 들 때, 그 장면들을 하나씩 열어보고 싶다. 「Senza Luce(Procol Harum의 'A Whiter Shade of Pale'의 번안곡)」라는 노래를 배경음악으로 들으면서. 그러면 노래는 우리에게 이런 말을 전해줄 것이다.

길 위에 혼자 있다고 생각했는데 누군가 있네요.

당연하다고 생각하며 누려왔던 사소한 일상이 코로나19로 무너진 지 1년이 넘었다. 무엇보다 힘들었던 건 우리가 함께할 수 없다는 사실이었다. "마음만으로도 충분합니다"라는 경조사 문자를 받았고, 기일에는 함께 그리움과 슬픔을 나누지 못한 채 각

자의 집에서 사랑하는 사람을 추모했다. 기쁜 일이 있어도 만나서 함께 잔을 들지 못했고, 보고 싶은 얼굴을 찾아가고 싶은 마음을 애써 참아야 했다. 일상이 무너지면서 많은 가정의 경제가 흔들렸고 위기를 맞았다. 많은 이들이 이렇게 힘든 적은 처음이라고 말했다. 그러나 어떤 의미에서 처음은 아닐지도 모른다. 역사를 거슬러 올라가보면 이만큼 힘들었던, 아니 이보다 더 힘들었던 시간의 기록을 찾을 수 있다.

견딜 수 없을 것 같은 힘겨운 시간이 저 멀리 오랜 시간부터 계속 이어지고 있다는 걸 확인할 때마다 궁금해진다. 그런데 어떻게 세상은 무너지지 않고, 생은 또 생으로 이어지고 있는 걸까. 음악을 들으면서 그런 생각을 했다. 그것은 어쩌면 인간의 선의와 연대 덕분일지도 모른다고.

궁금해진다. 살면서 우리를 일으키는 뭉클한 진실을 몇 번이나 만나게 될지.

작고 애틋한 기대는 마음에 한 줌의 온기를 만든다. 그 온기가 매일 찾아오는 우리의 하루를 오늘도 무사히 지켜주리라는 것을 나는 믿어 의심치 않는다.

고통을 견디는 최선의 방법

"큰 병원에 가서 자세한 검사를 받아보시는 게 좋겠습니다."

치과 진료를 받던 L 선배는 가슴이 쿵 내려앉았다. 불과 몇 년 전에 시동생을 암으로 떠나보냈다. L 선배도 가족도 모두 제발 아니기를 바랐다. 바람과는 달리 L 선배는 의사로부터 '암' 진단을 받았다. 일단 병원에 입원해서 자세한 검사를 해야 수술 여부와 치료 계획을 알 수 있었다. L 선배는 긴 싸움이 되리라는 걸 직감했다. 언제 집에 돌아올 수 있을지, 돌아왔을 때 이전처럼 집안을 돌보고 가족들을 살피는 일을 할 수 있을지 확신할 수 없는 상황이었다. L 선배는 옷장 정리를 하고, 밑반찬을 만들고, 평이 좋은 간편식을 사서 냉장고에 채우고, 구석구석 집 안의 묵은 때도 지웠다. 자신이 없는 동안 가족들이 최대한 잘 지낼 수 있도록.

그런 L 선배를 보는 남편의 마음은 때때로 무너졌다. 이 사람이 왜 이렇게 멀리 가는 사람처럼 이럴까. 아프다고 힘들다고 투정이라도 부리면 좋으련만. 이렇게 힘든 상황에서도 가족 걱정이라니. 나는 이제껏 이 사람한테 이런 존재였던 걸까.

그렇지는 않았다. 병원에 함께 올 때면 늘 부드러운 미소를 짓는 그가 L 선배는 참 따뜻했다. 자신보다 더 걱정한다는 걸 그의 눈빛만 보고도 알 만한 세월을 함께했다. 그저 마음이 쓰였다. 나로 인해 집안이 흔들리지 않기를. 나 때문에 그 누구도 힘들지 않았으면 하는 마음이었다. 한편으로는 담담해지고 싶었다. 병이라는 게 그 누구의 잘못 때문에 생기는 게 아니라는 걸, 불운은 내가 쌓은 선과 상관없이 찾아오는 것이라는 걸 알 만큼의 시간을 지나왔다. 안달복달해봤자 달라지는 일은 없다고, 그저 지금할 수 있는 일을 해야 한다고 생각했다. 좋은 의료진을 만나 하라는 대로 잘 치료하면 좋은 결과가 있을 거라고 믿는 것, 가족들을 위해 열심히 치료를 받는 것, 그게 자신이 할 일이라고 생각했다. 그렇게 마음먹었지만, 또 가족에게 늘 담담한 모습을 보이려고 애썼지만, 가족들이 다 잠든 밤이면 두려웠다. 삶이 유한하다는 것을 알고도 남을 나이지만, 앞으로 내게 남은 날들이 얼마나 될 지 이토록 간절하게 궁금한 날이 있었던가를 생각했다. 그럴 때면 좋은 생각만 하려고 애썼다. 좋아질 것이다. 잘될 것이다. 잘 견딜 수 있을 것이다.

병원에 입원하기 전날, L 선배는 조금 떨었다. 병원에 입원하려고 일어난 아침에도. 자주 진료를 받던 곳이지만 입원 병동의 느낌은 좀 달랐다. 팔뚝에 링거를 꽂고 환자복을 입고 있는 사람들을 보니, 비로소 실감이 났다. 나는 이제 환자구나. 강해져야지. 잘할 수 있어. 나을 수 있어. 에탄올 냄새가 나는 병원 공기를 들이마시니 어쩐지 두 손을 불끈 쥐게 되는 게 저절로 전투적으로 변하고 있었다. 병실 배정을 받고 침대에 앉아 담당 간호사를 기다리는데, 심장이 자꾸 두근거렸다.

"○○○ 님?"

"네. 전데요, 선생님."

환자복을 들고 온 담당 간호사가 갖고 온 환자복과 L 선배를 번갈아 보더니, 다시 한번 물었다.

"○○○ 님 맞으세요? 보호자가 아니시고요?"

"네. 제가 오늘 입원하기로 한 ○○○ 맞는데요."

"아…… 그러시구나. 아, 그럼, ○○○ 님은 이거 말고요, 더 예~쁜 걸로 갖다 드릴게요. 조금만 기다려주세요."

L 선배는 픽 웃음이 나왔다. 간호사가 가져온 환자복은 M 사이즈. L 선배는 넉넉한 L 사이즈가 필요한 큰 체격이었다. "더 큰 게 필요하겠네요"라고 말할 수도, "M 사이즈는 안 맞겠네요"라고 말할 수도 있었지만, 간호사는 그렇게 말하지 않았다. 큰 체격을 가진 L 선배를 마치 특별 대우하듯이, 조금의 무안함도 느끼지 않도록 더 예쁜 것으로 가져다주겠다고 했다. '예쁜'을 발음할 때도 '예' 자를 길게 끌면서 강조했다. L 선배는 그 유머러스한 배려가 참 좋았다. 그제야 긴장이 풀렸다. 여기서라면 괜찮겠구나.

L 선배가 언젠가 검사 결과를 듣기 위해 만났던 젊은 의사는 이때 만난 간호사와는 결이 달랐다. 그날, 뭔가 심각한 상황임을 예감한 L 선배는 자신보다 더 걱정이 많은 남편을 진료실에서 내보내고 싶었다. 무척 사무적이었던 의사는 환자의 의중을 전혀 짐작하지 못했고, 딱딱한 말투로 환자가 묻고 싶은 것보다 본인이 체크해야 할 것들을 먼저 물었다.

"○○○ 씨? 키랑 체중 좀 다시 확인하죠. 어떻게 되죠?"

이 상황을 조금 부드럽게 만들고 싶었던 L 선배는 웃으면서 말했다.

"선생님, 그게…… 제 체중은 비밀이라서요. 남편도 몰라야 하는데요."

의사는 전혀 웃지 않았고, 고개를 들어 이마를 찡그렸다.

"저기요…… 짜증 나려고 하니까, 빨리하죠, 네?"

얼굴이 달아오를 정도로 L 선배는 무안했다. 너무 당황해서 무례한 의사의 말에 별다른 대꾸도 하지 못했다. 가끔 그날을 후회했다. 다른 선생님에게 진료받겠다는 말을 왜 못 했을까. 남편은 그를 향해 주먹을 날리고 싶었지만, 병을 앓는 환자와 보호자는 약자일 수밖에 없었다. 혹여나 아픈 아내에게 다른 해가 갈까 싶어 그 또한 아무 말도 하지 못했다.

병원 생활을 하는 동안 딱 한 번 그런 무례를 겪었을 뿐, L 선배가 입원한 병동의 의료진은 모두 친절했고 유머러스했다. 답답해서 병실을 나와 로비에 앉아 TV를 보고 있을 때였다. L 선배를 발견한 담당 간호사가 바쁘게 뛰어오면서 말했다.

"여기 계셨구나. 한참 찾았어요."

괜히 바쁜 선생님을 번거롭게 한 것 같아 L 선배는 미안했다.

"죄송해요, 선생님, 다음부터는 이 시간에는 병실 제자리에 꼭 있을게요."

그랬더니 간호사가 손사래를 치며 말했다.

"아니에요, 아니에요. 어떻게 답답하게 병실에만 계세요. 어디든 가서도 돼요. 대신 너무 찾기 어려운 곳에만 계시지 마세요.

그래야 제가 찾는 재미가 있죠. 벽에 딱 붙어 계시거나, 저기 분리수거함 뒤에 숨거나 그러면 제가 못 찾아요. 하하하."

간호사의 웃음소리가 어찌나 경쾌하던지 L 선배는 마음마저 가벼워지는 것 같았다.

그런 가벼움이 좋았다. 암 진단을 받고 힘들었던 것 중 하나는 병 자체보다 병이 주는 어떤 무거움이었다. 인생의 웃음기가 싹 빠진 것처럼 진지한 자세로 무엇이든 받아들여야 할 것만 같았다. 가족들과 지인은 슬픈 눈을 하고, L 선배는 의지를 불태우고 그래야만 할 것 같은 기분. 그런데 입원하던 첫날, L 선배는 더 예쁜 환자복으로 갖다주겠다는 간호사의 말에 어떤 예감이 들었다. 이 시간도 잘 지낼 수 있을 거야. 살아온 다른 날들처럼 잘 지나갈 거야. 병동의 진료진들은 그 간호사처럼 대부분 친절했고 유머가 있었다. 날마다 L 선배는 담당 의료진과 또 병실 사람들과 실없는 농담을 한 번씩 주고받았다. 그럴 때면 병이 가진 무게가 깃털처럼 가벼워지는 느낌이 들었다. 덕분에 입원해 있는 동안 '암'이 주는 위중함에 매몰되지 않을 수 있었다.

따뜻하고 예쁜 농담 덕분에 몸과 마음의 힘을 빼고 편안하게 입원 생활을 시작한 L 선배는 지금 무사히 두 번의 수술과 항암을 마치고 가족의 품으로 돌아왔다. 다시 만난 L 선배는 전보다 야위었지만 더 자주 웃었다.

　나는 아주 오랫동안 생의 위기와 고통을 견디게 하는 것은 굳은 의지나 결심이라고 생각했다. 한계를 뛰어넘는 인간의 숭고함 따위를 운운하면서. L 선배의 이야기를 듣고 그녀의 미소를 보던 날, 그건 나만의 고루한 믿음과 편견일지 모른다고 생각했다. 집으로 돌아오는 길, 나는 가슴을 한 번 쓸어내리며 혼자 중얼거렸다. 내 생각이 틀려서 정말이지 참 다행이라고.

나를 위한 가장 슬기로운 질문

"익준아, 넌 요즘 널 위해 뭘 해주니?"

함께 밥을 먹던 송화가 익준에게 불쑥 물었다. 바쁘게 환자를 보고 몇 건의 수술을 마치고 집에 돌아와도 익준이 온전히 자신만의 시간을 가질 수 없다는 걸 송화는 잘 알았다. 익준은 홀로 어린 아들을 키우고 있었다. 둘이 마주 앉아 있던 그날도 익준의 아이는 밤새 많이 아팠다. 아침이 될 때까지 그는 한 시간도 채 자지 못했다. 그런 익준이 안타까웠던 송화가 걱정하는 마음을 대신해 질문을 던진 거다. 익준은 대답 대신 묻는다.

"넌?"

송화는 핸드폰을 들어 사진 하나를 보여준다.

"이게 뭔데?"

"장작 거치대."

"이게 왜 필요해?"

"화목 난로에 장작을 넣는데 장작은 여기에 두는 거야."

"아니 그냥 바닥에 놓으면 되잖아. 왜 샀어, 그런 걸?"

"그냥 날 위해 샀어. 나…… 이거 살 때 엄청 행복했다!"

드라마 「슬기로운 의사 생활」에 나오는 장면이다. 직업인으로, 아이를 키우는 아빠로, 몸이 열 개라도 모자라는 고단한 생활을 이어가는 익준(조정석 분)을 보며 송화(전미도 분)는 생각했던 것 같다. 저렇게 버티기만 하다가는 지치고 말 텐데. 익준이 아주 잠시라도 자신만의 행복을 누렸으면 하는 마음이었을 것이다.

이 장면을 본 사람 중에 자신과 주변 사람들에게 송화처럼 다정한 질문을 똑같이 던져본 이도 있을 거다. 나는 남편에게 물었다. 그 역시 익준처럼 신통한 대답을 하지 못하길래(물론 익준은 다음 장면에서 송화에게 "이렇게 너랑 같이 밥 먹는 거?"라는 대답을 해서 심쿵하게 만들었지만) 내가 대신 대답해줬다.

"골프 치잖아. 스크린 골프지만. 그리고 자전거도 샀잖아."

남편이 머쓱한 표정을 지었지만, 사실 알고 있었다. 우리는 우리를 행복하게 하는 데 선수들이 아니라, 어떻게든 조금 더 버티는 데 이골이 난 선수들이라는 걸. 며칠만 견디면 주말이 온다고, 더럽고 치사해도 무조건 참는 게 다 우리 가족을 위한 거라고, 시간이 지나면 아이가 커서 한결 수월한 날들이 올 거라고, 발바닥에 땀이 나게 일을 하고 살림을 하다 보면 언젠가 내 집을 가질 수 있을 거라고, 내가 바친 시간은 결코 나를 배신하지 않을 거라고, 우리는 자주 혼잣말을 했다. 다들 그렇게 산다면서. 그러면서 우리는 계속 미루고 있는 것은 아니었을까. 아니, 잊은 건 아니었을까. 내가 언제 웃는지. 내가 언제 가장 행복한지 말이다.

송화는 자신이 언제 행복한지를 알았다. 자신에게 가장 좋은 선물(남들이 쓸데없는 거라고 말할지라도, 조금 사치스럽더라도)을 줄 수 있는 사람 또한 자기 자신이라는 것도. 스스로 찾은 행복한 순간들이 내일을 또 버티게 해줄 힘이 되어준다는 것도. 이렇게 자신을 돌볼 줄 아는 송화였기에 24시간이 모자란 병원 생활을 하면서도 언제나 아침이면 싱그럽게 "하이" 인사를 할 수 있었을 것이다.

어쩌면 자꾸 기운이 빠지고, 왜인지 사는 낙이 사라진 것 같고, 자꾸 먼 데를 쳐다보게 됐던 이유는 내가 나를 너무 돌보지 않았기 때문이었는지도 모르겠다. 나에게 선물을 해줬던 적이 언제였을까. 나는 뭘 좋아했었나. 나는 언제 웃더라. 금방 생각이 나지 않는다. 힌트를 얻기 위해 필사하는 마음으로 노래 My favorite things(많은 버전이 있지만 이럴 땐 줄리 앤드루스의 노래가 제격이다)를 재생했다.

> Raindrops on roses and whiskers on kittens
> 장미 꽃잎의 빗방울과 고양이들의 작은 수염
> (……)
> Snowflakes that stay on my nose and eyelashes
> 눈송이들은 나의 코와 눈썹에 머무르고
> Silver white winters that melt into springs
> 하얀 은빛의 겨울은 봄에 의해 녹고
> These are few of my favorite things
> 이것들이 내가 좋아하는 몇 가지지

노래는 이렇게 끝이 난다. 개들이 물 때, 벌들이 쏠 때, 내가 슬플 때(When the dog bites, when the bee stings, when I'm feeling sad),

내가 좋아하는 것들을 간단하게 기억해내고 나면 슬프지 않다고(I simply remember my favorite things and then I don't feel so bad).

노래를 들으면서 일단 나는 언젠가 사서 냉동실에 넣어둔 국

산 쥐포를 에어프라이어에 잘 구워서 맥주 한 캔을 따기로 했다. 달큼하고 짭짤한 쥐포를 마요네즈 겨자 소스에 찍어 먹으며 시원한 맥주를 들이켜면 그동안 잊고 있던 내가 좋아하는 것들, 나를 행복하게 하는 것들이 퐁퐁 떠오를 것만 같다. 그러기 위해서 오늘은 일단 노트북을 접기로 한다.

하루의 고단함이 사라지는 마법

그때는 알지 못했죠 / 우리가 무얼 누리는지 / 거릴 걷고 / 친구를 만나고 / 손을 잡고 / 껴안아주던 것 / 우리에게 너무 당연한 것들 / 처음엔 쉽게 여겼죠 / 금세 또 지나갈 거라고 / 봄이 오고 / 하늘 빛나고 / 꽃이 피고 / 바람 살랑이면은 / 우린 다시 돌아갈 수 있다고

_「당연한 것들」, 이적 노래

나도 그렇게 믿었다. 다시 돌아갈 수 있을 거라고. 우리가 당연하게 누리던 것들을 금세 되찾을 수 있을 거라고. 그러나 1년이 넘도록 힘겨운 시간은 아직 끝날 기미를 보이지 않고 있다.

외출다운 외출을 해본 지가 언제인지, 아이 말고 어른과 일상에 대한 담소를 나눈 게 언제인지, 끼니 때마다 꼬박 부엌에 들어가 노동을 해서 차려내는 집밥 아닌 외식을 한 지가 언제인지. 그날 나 또한 한숨을 쉬고 있었던 것 같다. 언제 끝날지 알 수 없어서, 어디까지 견뎌야 하는지 알 수 없어서, 자잘한 일상의 모든 일이 몇 배로 더 고단하게 느껴지는 저녁이었다. 퇴근한 남편이 문을 열고 들어오며 이렇게 말했다.

"내일은 짜장면 시켜 먹자. 여기 맛있을 것 같아."

그의 손에는 아파트 엘리베이터에 붙은 광고지가 들려 있었다.

"누가 맛있대?"

들어오는 길에 이웃 누구에게 얘기를 들었나 싶어 물어보니 남편이 잠시 당황하며 말했다.

"아, 아니."

"그런데 왜? 갑자기?"

이어지는 남편의 싱거운 말이 나를 웃겼다.

"여기에 쓰여 있어. 맛있다고. '소문난 맛집'이라고 자신 있게."

그러면서 남편은 가볍게 픽 웃었다. 그제야 그가 내게 뭘 말하려고 하는 건지 이해했다. 일주일 동안 힘들었지. 집에서 한 발짝도 못 나가고 아이 데리고 가르치랴, 끼니마다 밥 챙기랴, 살림하

랴, 글 쓰랴 고단했다는 거 알아. 내일은 주말이니까 당신도 좀 쉬어. 편하게 끼니를 때우는 것도 나쁘지 않아. 그가 그 긴말을 다 한 게 아니지만 "여기 맛있을 것 같아" 하며 콧구멍을 좀 벌렁거렸기에 그게 진심이라는 걸 알았다. 남편은 항상 쑥스러운 진심을 말할 때면 그랬으니까.

농담 같은 가벼운 그 한마디에 피곤이 풀리는 것 같았다. 지금 누구나 다 힘든 시기라는 걸 모르지 않았다. 매일 해야 하는 일들 앞에서 엄살을 부리고 싶지 않았다. 그래서 견디고는 있었지만 괜찮았던 것은 아니었다. 고립된 공간에서 사람들과의 소통 없이 매일 주어진 노동만을 묵묵히 해내야 하는 버거움이 어느 날은 목까지 차오르곤 했으니까. 그런 내게 타이밍에 맞춰 그가 어깨를 다독인 것이다. 알고 있다는 듯이.

그 밤, 조금은 가벼운 마음으로 잠자리에 들면서 몇 년 전 생각을 떠올렸다. 오늘처럼 그때도 운이 좋았지, 하면서. 언젠가 다시 찾아온 편두통 때문에 며칠을 시달리다 신경과를 찾아간 적이 있다. 당시 내 담당 선생님은 아빠를 진료해주는 선생님이기도 했다. 엄마가 돌아가신 뒤 아빠에게 이상 증상들이 나타나기 시작했다. 저혈당 쇼크가 와서 정신을 잃으시는가 하면, 가끔 딴 세상에 가 있는 사람처럼 멍해 보였다. 아빠마저 잃는가 싶어 당시 두려웠던 나는 극도의 스트레스를 받고 있었다. 이런 마음을 누구에게도 마음 편히 드러낼 순 없었다. 아내를 잃은 아빠도, 매일 격무에 시달리는 오빠들도, 아빠 집 근처로 이사를 해준 남편도 힘들기는 매한가지라는 걸 모르지 않았다. 극심한 스트레스가 올 때마다 어김없이 찾아오는 편두통까지 겹쳐서 사실 나는 쓰러지기 직전이었다. 신경과 선생님은 나를 바로 알아보았다.

"아니, 어떻게 오셨어요? 아버님은 잘 계시죠?"

편두통 때문에 견딜 수 없어서 왔다는 내 말을 조용히 듣던 의사 선생님은 잠시 나를 지긋이 바라보다가 이렇게 말했다.

"왜 안 힘드시겠어요. 걱정이 많으셨죠? 머리도 그래서 아팠을 거예요. 어디 좀 볼까요?"

이 선생님을 찾아올 수 있어서 참 다행이라고 생각했다. 당신은 아플 만하다고, 힘들었을 거라고 인정해주는 그 말만으로 나를 괴롭히는 통증이 조금씩 사라지는 기분이었다.

우리를 견딜 수 없게 하는 건 우리가 하는 일 자체가 아닐 때가 많다. 내가 들인 시간과 노력을 아무도 알아주지 못하는 것 같을 때 우리는 한없이 무너져 내렸으니까. 나는 여태 무엇을 위해 이토록 달려온 거지. 무슨 영화를 보겠다고 이토록 참고 견딘 거지. 내가 이런다고 누가 날 알아주지. 고단한 노동보다 우리를 더 괴롭히는 건 이런 질문이 아니었을까. 아무도 내가 애쓰고 있다는 걸, 노력하고 있다는 걸, 버겁다는 걸 모른다는 사실 때문에 견디기 힘든 게 아니었을까.

매일 반복되는 일상에서 주어진 노동을 해내고 견디며 다시 나아갈 힘을 얻는 건 이해와 인정에서 비롯된다. 나의 힘겨움을 들여다보는 누군가의 한마디가 가슴에 와닿을 때 누구나 마법을 경험하게 된다. 끝날 것 같지 않은 고통이 사라지는 마법.

정말 애썼어요.
그걸 견디느라 얼마나 힘들었어요?
많이 외로웠겠다.

공감해주고 이해해주고 헤아려주는 말들 덕분에 우리는 이 힘겨운 시간을 어떻게든 지나가고 있는 것 아닐까.

노래 「당연한 것들」에는 이런 말이 나온다.

당연히 끌어안고 / 당연히 사랑하던 날 / 다시 돌아올 거예요

그때를 기다리며 당신의 지친 하루에 작고 따뜻한 토닥임을
보낸다.

잘하는 것보다 중요한 것

그의 목소리는 거칠고, 그의 음들은 어딘가 불안하다. 열 번이면 열 번 다 다르게 부를 것만 같은 자유롭고 독특한 창법은 폐부를 찌르는 것처럼 날카롭고, 쏟아지는 빗소리처럼 시원하고, 그늘진 자리처럼 서럽다. 예술에 점수를 매기는 일 따위가 어울리지 않는 일이란 걸 알지만, 언젠가는 그의 음악을 들으면서 생각했었다. 이 사람 음악은 절대 점수를 매길 수 없겠구나.

오래전 세상을 떠난 가수 김현식을 다시 떠올린 건 한 음악 프로그램에서 가수 김종진의 인터뷰를 봤을 때였다. 한때 김현식과 밴드를 결성해서 함께 활동했던 김종진은 그보다 형이었던 김현식이 어느 자리에선가 후배들에게 물었던 이 말을 오래도록 기억하고 있었다.

음악을 꼭 잘해야 하냐?

　음악을 사랑하는 청춘들이 모였으니, 그들의 화두는 언제나 음악을 잘하는 일이었을 것이다. 어떻게 하면 더 좋은 음악을 할 수 있을까. 더 멋진 노래, 근사한 사운드를 들려줄 수 있을까. 어떤 일을 사랑하면 할수록 누구나 더 잘하고 싶어진다. 누구나 인정하는 완벽한 결과물을 향한 욕심이 생긴다. 선배 김현식은 후배들의 그런 마음을 읽으며 물었던 건지도 모른다. 그게 그래야 할까. 꼭 잘해야 하는 걸까. 잘한다는 게 정말 중요한 걸까. 그것보다 중요한 게 있지 않을까. 그때 김현식의 나이는 기껏해야 서른한두 살이었을 것이다. 청춘의 한가운데 있던 뮤지션은 자신이 던진 질문에 이렇게 답했다.

　난 고뇌하는 게 음악가라고 생각해.

　이 이야기를 전해주던 김종진은 말한다. 그때는 그게 무슨 말인지 몰랐는데, 50을 넘기고 나니까 이제야 그 뜻을 알 것 같다고. 그런데 형은 그 이야기를 30대에 했다고.

　나 또한 20대나 30대였다면 그 말을 이해하지 못했을 것 같다. 아니, 잘하는 게 중요하지. 그럼 뭐가 중요해, 하면서. 우리는 그때 모두 찾고 싶었다. 좋아하는 일을, 잘하는 일을, 내가 해낼 수 있는 일을. 언젠가는 어딘가에 다다를 수 있으리라 생각하면서. 그 시절을 통과하는 동안 깨지고 부서지면서 우리는 어렴풋이 알게 된다. 결과라는 것은, 성취라는 것은 내가 어떻게 할 수 없는 영역의 일이기도 하다는 것을 말이다.

　그렇다면 우리가 할 수 있는 일은 무엇일까. 그건 내가 원하는 것을 찾아내기 위해 끊임없이 고민하는 일일 것이다. 이것이 맞는지, 내 진심을 제대로 담아냈는지, 이것이 과연 의미 있는 일인지를 끊임없이 묻고 또 물으면서 무언가를 찾아가는 과정. 그것이 너무 괴롭고 막막해서 포기하고 싶어도, 들끓는 고통 안에 있기를 마다하지 않는 마음. 그것이 뛰어난 가창력보다, 화려한 기교보다, 근사한 사운드보다 더 중요하다는 걸 김현식은 고작 서른 무렵의 나이에 알아버렸다. 늘 한 발짝 늦게 깨닫는 평범한 우리를 생각하면, 그는 정말이지 난 사람이 틀림없다.

　대단한 글을 쓰는 것도 아니면서 언제나 집필을 시작하면 마음이 괴롭다. 나를 괴롭히는 것 중에 8할은 잘하고 싶다는 마음이다. 잘 써야 할 텐데, 제대로 된 문장을 써야 할 텐데 하는 마음이 치고 올라올수록 조바심이 들고 평온을 잃는다. 어떻게 하면 잘 쓸 수 있을까. 어떻게 하면 좀 더 나은 글을 쓸 수 있을까. 어떻게 하면 나무에게 미안하지 않은 가치 있는 글을 쓸 수 있을까. 그런 생각을 하면 오히려 머릿속이 더 하애지는 기분이 들었다. 잘하지 못할까 봐, 잘 해내지 못할까 봐 두려웠다.

　아마 그날도 그랬을 것이다. 일주일 내내 일상과 글쓰기를 양립하느라 지쳐 있었다. 비워야 무언가를 쓸 수 있어, 그런 마음으로 소파에 앉았지만 쉬면서도 한 번씩 올라오는 잘할 수 있을까, 하는 마음 앞에서 편치 않은 기분을 느끼던 찰나였다. 무심코 틀었던 TV에서 김종진의 인터뷰를 만났고 김현식의 이야기를 들었다. 김현식의 말을 전해 들으며 내 문제가 무엇인지, 나를 괴롭히는 게 무엇이었는지 문득 알 것 같은 기분이 들었다. 잘해야 한다는 중압감에 나는 짓눌리고 있었다. 첫 문단을 시작할 때도, 이야기 전개를 풀어나갈 때도, 이렇게 하는 게 완성도가 있을까, 이건 너무 평범하지 않을까, 더 근사하게 뽑아낼 순 없을까, 이런 마음과 내내 싸우고 있었다. 그러면서 괴로웠다. 왜 글쓰기를 좋아하면서도 이토록 괴로운 것인지. 괴로움의 과정을 온몸과 마음으로 저항하고 있었다. 어찌 됐든 무언가를 떠올리고 고민하고 수많은 헛발질 끝에 그토록 찾던 한 가지를 건져내는 이 과정 자체가 가치 있는 일이라는 걸 간과하고 있었다. 그런 내게 세상을 떠난 한 가수가 내 어깨를 툭 치듯 말한 것이다. 잘하는 게 중요하냐고. 무언가를 보고 듣고 기억하며, 생각하고 또 생각하는 그 고뇌의 시간이 실은 너에게 더 중요한 것 아니냐고.

그날 나는 작은 포스트잇 한 장을 떼어 이렇게 메모한 다음 책상 앞에 붙였다.

"우리를 놀라게 하는 건 천재성이지만 우리를 감동하게 하는 건 치열한 고뇌다."

이 글을 마치면 오랜만에 김현식의 음악을 들어야겠다. 온 마음을 끌어올려 노래하는 그의 모습을 보면서 나는 또 울컥하겠지만, 한동안 생각할 것이다. 점수를 매길 수 없는 우리의 삶에 대해서, 진심과 고뇌로 점철되었던 지난 시간의 가치에 대해서.

우리는 모두 상처로 연결되어 있다

보고 싶은데 막상 보기까지 용기가 필요해 오랫동안 보지 못한 영화가 있었다. 911 테러로 아빠를 잃은 소년 오스카의 이야기 「엄청나게 시끄럽고 믿을 수 없게 가까운」이 그런 영화였다. 어린 소년이 감당해야 할 엄청난 슬픔과 고통을 과연 내가 끝까지 지켜볼 수 있을까. 혹여 오스카의 이야기가 애써 잠잠해진 나의 상실의 아픔을 다시 불러오는 건 아닐까. 그러나 뒤늦게 영화를 보고 난 뒤 생각했다. 이 영화를 보게 돼서 정말 다행이라고.

911 테러가 일어난 지 1년이 지난 어느 날, 오스카(토마스 혼 분)는 우연히 아빠의 물건을 하나 발견한다. 파란 꽃병 안에 담긴 편지 봉투에 들어 있던 작은 열쇠. 봉투에는 'Black'이란 이름이 적

혀 있다. 오스카는 확신한다. 이건 아빠가 내게 남긴 비밀이 분명해(평소에 아빠와 오스카는 탐험 놀이를 즐겼다). 오스카는 전화번호부를 뒤져 'Black'이란 이름을 가진 모든 사람을 찾아(그들의 주소를 일일이 지도에 표시하며) 그들을 만나기로 결심한다. 뉴욕에 사는 'Black'이란 이름을 가진 사람은 생각보다 많았고, 오스카는 고민 끝에 'Black' 한 사람을 찾을 때마다 딱 6분씩만 이야기를 나누기로 치밀한 시간 계획까지 세운다. 그렇게 해서 열쇠의 주인공이 과연 어떤 'Black'인지를 알아낼 수만 있다면 아빠가 자신에게 하려던 이야기도 들을 수 있을 거라고 오스카는 믿고 있었다.

뉴욕에 사는 'Black'은 모두 472명. 무모해 보이는 이 탐험에 오스카가 집착할 수밖에 없는 이유가 있다. 소년은 그날, 아빠의 전화를 받지 못했다. 몇 번이나 전화가 울렸고, 아빠는 "계속 거기 있니?"하며 음성 메시지를 남겼지만, 오스카는 전화를 받지 않았다. 무서웠다. TV로 아빠가 있는 빌딩에 비행기가 날아와 꽂히는 장면을 보면서 제발 현실이 아니기만을 바랐다. 아빠의 시체를 찾지 못한 채 빈 관을 묻으며 장례식을 치를 때에도 오스카는 말했다. 이건 가짜 장례식이라고. 아빠의 마지막 전화를 받지 못했다는 죄책감 때문에 오스카는 아빠가 남긴 음성 메시지를 엄마에게도 들려주지 않은 채 숨겨버렸다. 그러니 오스카에게 'Black'이란 이름을 가진 열쇠의 주인을 찾는 일은 그 모든 것을 해결하는 일이나 다름없다.

오스카는 엄마에게도 숨긴 채 이 모험을 감행한다. 두렵고 무서운 마음을 달래려 탬버린을 흔들며 길을 떠났던 오스카는 얼마 후 할머니 집에 세입자로 들어온 할아버지(실은 친할아버지. 개인적인 트라우마로 가족을 책임지지 못했던 할아버지는 오스카에게 자신이 친할아버지라는 걸 숨기지만 오스카는 아빠와 비슷한 버릇이 있는 그를 곧 알아본다)와 함께 'Black'을 찾아다닌다. 계획대로 되지 않는 탐험 앞에서 오스카는 조금씩 달라진다. 떨어질까 두려워서 시도조차 해보지 않았던 다리 건너기에 도전하고, 다시는 탈 수 없을 것 같은 지하철(테러의 장소가 될 수 있다고 생각해서)을 방독면을 쓰지 않고도 탈 수 있게 된다.

뉴욕을 돌아다니며 만난 'Black'이란 이름을 가진 다양한 사람들(흑인, 트랜스젠더, 알츠하이머에 걸린 할머니, 다둥이 가족 등등)은 한결같이 소년을 안아주며 눈물을 글썽인다. 아빠가 너무 그리워서 참을 수 없이 괴로워질 때면 자신에게 나쁜 짓(자해)을 하며 상실을 견디던 오스카는 그들의 이야기를 듣고 진심 어린 위로를 받으면서 알게 된다. 전쟁통에 방공호에 숨었다가 부모를 눈앞에서 잃고 평생 말을 할 수 없었던 할아버지처럼, 차갑고 냉담했던 아버지와 화해하지 못한 채로 그를 떠나보내 괴로워하는 아저씨처럼, 자신을 포함한 많은 사람이 상실의 경험을 갖거나 상처를 입은 채 살아간다는 사실을. 그 사실을 배워가며 이 작은 소년은 힘겨워하는 사람들을 만날 때마다 나름의 방식으로 위로를 건넨다. 키스해드릴까요? 안아드릴까요?

오스카는 마침내 열쇠의 주인인 'Black'을 찾아낸다. 하지만 안타깝게도 아빠가 남긴 메시지 같은 건 없었다. 오스카는 실망하지만, 집에 돌아온 뒤 그동안 만난 모든 'Black'에게 편지를 쓰며 이렇게 고백한다.

아빠 없인 못 살 줄 알았는데 그게 아닌 걸 알았어요.
아빠가 알면 뿌듯해하실 거예요. 전 그거면 됐어요.

뉴욕시의 모든 'Black'을 만나려던 오스카의 모험은 애도를 위한 소년만의 의식이었을 거라고 나는 생각한다. 사랑하는 이를 떠나보내기 위한 애도의 시간. 왜 자신에게 이런 일이 일어나야 하는지 이해할 수 없었던 소년은 미칠 것 같은 그리움에 고통스러웠다. 아빠가 돌아올 수 없는 걸 알지만, 모든 걸 되돌리고 싶었다. 현실을 받아들일 수 없었기에 어떻게 살아야 할지도 알 수 없었던 오스카는 자신에게 일어난 이 엄청난 비극의 의미를 이해하고 받아들일 시간이 필요했다. 그렇게 자신만의 애도 의식인 모험을 하면서 그 답을 찾고 싶었던 오스카는 예상하지 못했던 많은 이들의 다양한 위로를 받고 성장한다. 테러로 아빠를 잃었다고 말할 때 따뜻한 포옹으로 마음을 전해주던 어른들을 만나면서, 사랑이 사라진 자리에서 울고 있는 아줌마에게 키스를 해주고 싶은 마음을 느끼면서, 어른이 되어도 아빠의 사랑을 그리워하는 아저씨를 안아줘야겠다고 생각하면서 오스카는 느꼈을 것이다. 사람의 마음과 마음은 기쁨과 행복이 아닌 상처와 상실로 깊이 연결된다는 사실을. 그러니 어쩌면 우리는 혼자가 아니라는 것을.

여행을 끝내고 집으로 돌아온 오스카는 곧 알게 된다. 이 위험천만한 여행이 그토록 안전하고 따뜻할 수 있었던 것은 모두 엄마가 있었기 때문이라는 것을. 엄마는 오스카의 계획을 알게 된 뒤, 오스카가 만나게 될 모든 'Black'을 미리 만나서 사정을 말하고 오스카를 따뜻하게 대해주기를 부탁했다. 엄마의 지극한 사랑을 뒤늦게 느끼며 오스카는 여전히 자신을 사랑하는 이들이 곁에 남아 함께 살아가고 있다는 것을 깨달으며 자신만의 탐험

(애도이기도 한)을 마무리한다.

오스카를 지켜보면서 사랑하는 사람을 제대로 떠나보내기 위해 누구나 저마다의 애도하는 시간이 필요하다는 생각을 했다. 애도의 방법은 개인마다 다르겠지만, 그 시간을 제대로 가질 수 있을 때 우리는 남은 시간을 다시 살아갈 용기를 얻게 된다.

엄마와 아빠를 연달아 잃은 뒤 내가 책(전작『엄마에게 안부를 묻는 밤』이 그 책이다)을 썼던 것도 그런 의식 중 하나였다. 책을 낸 뒤, 상실과 그리움과 상처 속에서도 다시 생을 살아내고 있는 독자들의 리뷰를 읽으면서 "사람들 가슴에 깊게 사무치는 노래 하나씩 있다"라는 시의 한 구절에 고개를 끄덕였다. 더불어 책을 쓰게 된 것이 축복이라는 생각을 했었다. 상실이 주는 의미를 어떻게든 찾아보고 싶었던 마음과 나와 같은 이가 어딘가에 있을 거라는 마음으로 시작한 글쓰기를 통해 나 또한 오스카처럼 깨달았으니까. 이별했지만 사라지지 않은 사랑과 내가 계속해서 사랑해야 할 것들을. 상처와 상실은 힘겹지만 고통스러운 순간에 서로 내밀어주는 손 덕분에 우리는 다시 삶의 의미를 찾기도 한다는 것을.

영화의 마지막 장면, 오스카는 아빠와 탐험 놀이를 자주 하던 공원의 그네 근처에서 우연히 아빠가 남긴 비밀 쪽지를 발견한다.

축하한다, 오스카. 나이에 비해 놀랄 만큼 용감하고 지혜롭구나.
여섯 번째 자치구의 존재와 너의 우수성을 증명한 거야. 이제 집
으로 가렴.

오스카는 아빠의 쪽지를 손에 쥔 채, 고소공포증 때문에 타볼
시도조차 하지 않았던 그네에 용기를 내어 올라타 발을 구른다.
오스카가 그네를 타고 솟구쳐 올라 하늘을 바라보던 그 순간,
나는 더는 보고 싶어도 볼 수 없는 사랑하는 이들에게 오랜만에
안부를 전했다.

두 분이 없으면 어떻게 살아가나 싶었는데……
나는 잘 지내고 있어요.
두 분이 항상 바랐던 것처럼.
잘 지내고 계시죠?

관계를 지키는 일보다 소중한 일

관계에도 유통기한이란 게 있는 것일까. 많은 시간과 이야기를 함께 나눴던 후배와 언젠가부터 자꾸 삐걱대기 시작했다. 후배를 만나고 오는 날이 예전처럼 즐겁지가 않았고, 때때로 마음이 불편했다. 농담하듯 말하는 후배의 가벼운 핀잔과 한심함이 섞인 것 같은 지적들을 듣고 있으면 나란 사람에 대해 의심이 들었다. 내가 괜찮은 사람이 아닌 것 같았다. 가끔은 돌아오는 길에 속이 상했다. 예전에 우리는 서로를 누구보다 인정하고 좋아했던 것 같은데, 무엇이 우리의 관계를 변하게 한 걸까. 내가 그런 기분을 느꼈으니 나 또한 후배에게 좋은 기운을 줬을 리는 없을 것이다. 몇 번 이런 얘기들을 할 기회가 있었지만, 우리는 그때마다 서로를 제대로 이해하지 못했다. 서운함을 느끼는 상대에게 다시 느껴지는 서운함과 이유를 명확하게 알 수 없는 거리감과 서로가 알지 못했을 속사정이 있었겠지만 우리는 저 안에 있는 이야기들을 수면으로 끌어올리지는 못했다. 이 관계를 어쩌지 못해 나는 고민했다. 알고 지낸 시간이 길었기에 변해버린 것 같은 관계가 괴로웠다. 그렇더라도 세월이 있는데 어떻게든 관계를 이어가는 게 좋은 거겠지, 하는 마음도 있었던 것 같다. 한편으론 더는 서로에게 좋은 기운을 주지 못하는 관계가 의미가 있을까 싶은 마음도 들었다. 이런 이야기를 친한 친구에게 털어놓았더니 이런 답이 돌아왔다.

네가 중요하지. 네 마음이 하고 싶은 대로 해.

상대의 마음보다, 세월보다, 지난 추억보다, 옳고 그름의 판단보다 가장 중요한 건 너의 마음이라는 친구의 말은 따뜻하면서도 명쾌했다. 관계란 마음과 마음을 나누는 일이다. 내 마음이 거부한다면, 더는 서로가 진실된 마음을 나눌 수 없다면 어쩔 수 없는 일이다. 그런 관계에 시간과 에너지를 쓰며 마음이 다치거나 상하는 일들을 계속 이어나갈 필요는 없는 것이다. 그렇지만 나는 후배와 함께한 시간과 추억 앞에서 오래 망설였다. 자책하기도 했다. 나는 왜 우리 우정이 이렇게 되도록 만들었던 것일까. 나는 너에게 무엇을 잘못한 것일까. 그런 나를 알고 있다는 듯 "네가 중요하지" 하고 친구가 말했을 때 나는 조금 고마웠다. 친구는 인연을 이어가라, 끊어라, 라는 말은 직접 하지 않았지만, 대신 내게 넌지시 이렇게 조언해주는 것 같았다. 관계를 잘 지켜나가는 것도 중요하겠지만, 네 마음이 상하지 않는 것도 중요해. 나는 이때 다짐했던 것 같다. 불편한 마음들을 못 본 척하고 마음을 다쳐가면서까지 인연에 연연하지는 말자고.

그 후로 후배와 몇 번의 연락을 주고받았지만 우리는 어느 날, 서로가 서로에게 더는 중요한 의미가 되지 못한다는 것을 깨달으며 누가 먼저랄 것도 없이 연락을 하지 않게 되었다. 그 과정은 어쩔 수 없이 마음이 상하는 일이었다. 우리가 나눈 시간이 빛이 바래는 것을 지켜보며 멀어져가는 걸 확인하는 시간은 늦은 밤 텅 빈 차가운 집에 홀로 들어가는 것처럼 서글펐다. 나는 너에게 어떤 사람이었는가를 묻는 일은 외롭고, 우리가 함께한 시간은 이제 어디로 가는 거냐는 질문은 쓸쓸하고, 우리는 어쩌다 이렇게 멀어지게 된 건지를 되묻는 일도 허망하다. 또 하나의 인연을 지켜내지 못했다는 자책은 어쩔 수 없이 나를 아프게 한다. 나는 꽤 오랫동안 슬픈 기분이 들었다.

소중하고 애틋한 관계들을 변함없이 지켜낼 수 있다면 더없이 좋겠지만, 살면 살수록 영원한 관계라는 건 없다는 생각이 든다. 관계는 끊임없이 변화한다. 우리가 속한 시간과 상황이 계속 달라지기 때문이다. 우리가 한때 나눈 고민과 이야기는 아득한 과거가 되고, 인생의 많은 사건과 사고들을 감당하고 겪어나가는 중에, 서로를 오해하고 원망하고 체념하는 사이, 누군가는 나를 떠나고 나 또한 누군가를 보낸다. 흩어진 인연 사이로 또 새로운 인연이 나타나기도 한다. 그것이 삶의 한 과정임을 나는 이제 잘 받아들이고 싶다.

누군가를 잃고 떠나보내는 일이 삶의 한 과정이라는 걸 인정하지만, 한동안 후배와 나눈 어떤 시간이 떠오를 때면 가슴에 무지근한 통증을 느끼리라는 걸 알고 있다. 그 정도 아픔은 견뎌야 한다고, 엄살을 피우지 말자고 생각한다. 그것이 어쩌면 한때 나의 소중한 시간을 함께 나눈 인연에 대한 예의일 테니.

뜻밖의 위로

　가끔 예상하지 못했던 순간에 찾아온 어떤 것들에 위로를 받을 때가 있다. 나의 힘겨움을 아무도 모를 거라는 시린 외로움에 몸이 떨릴 때, 이 생을 버티는 게 과연 어떤 의미가 있는 걸까 삶을 의심하게 될 때, 우리를 사랑하는 신이 어딘가에 존재하긴 하는 거냐고 반항 어린 분노를 터뜨리고 싶을 때 누군가 가만히 내 어깨에 손을 올리는 것 같은 기분이 들었던 순간을 기억한다. 오늘도 이렇게 가는구나, 허한 마음으로 창문을 열었다가 가로등의 따뜻하고 노란 불빛이 하나둘 켜지는 걸 보며 나도 모르게 가벼운 탄성이 나오던 순간이, 생일날 미사를 보러 간 성당에서 엄마가 좋아하던 성가곡이 흘러나오면 어딘가에서 나를 지켜보고 있을 엄마를 생각하던 시간이, 물에 젖은 솜처럼 눅진한 고단함에 지친 어느 날에 숙제하던 아들이 갑자기 "한번 안아줄게" 하던 시간이, 마치 나를 위해 핀 것처럼 보도블록 틈 사이에 꿋꿋하게 고개를 내민 민들레를 앉아서 가만히 들여다보던 순간이 그랬다. 그렇게 뜻밖의 선물 같은 풍경과 사람과 시간을 마주할 때면 한 번씩 오래전 읽었던 레이먼드 카버의 단편소설 「사사롭지만 도움이 되는 일」이 생각나곤 했다.

소설은 여덟 살 아이를 둔 어느 부부의 이야기다. 아이의 생일날 아침, 사고가 났다. 등굣길에 뺑소니 차에 부딪힌 아이가 집에 돌아오자마자 쓰러진 뒤 의식을 잃는다. 병원에서는 아이가 곧 깨어날 거라고 했지만, 사흘 동안 잠자듯 누워 있던 아이는 황망하게 세상을 떠난다. 믿을 수 없는 현실에 고통스러워하며 장례식을 준비하러 집으로 돌아온 부부는 때마침 걸려온 전화에 분노한다. 아이가 사고를 당한 직후 늦은 밤에 몇 번씩 걸려와 부부의 속을 뒤집던 전화는 "스카티를 잊었소?"라는 말만 남긴 채 끊어지곤 했었다. 아내는 며칠 동안 전화를 걸어 자신을 괴롭힌 사람이 뺑소니범이라고 추측했었다. 그러다 수화기 너머에서 들리던 익숙한 라디오 소리와 기계음 소리를 불현듯 떠올리고는 머칠간 한밤중에 전화를 걸어온 남자는 뺑소니범이 아니라 사흘 전 스카티의 생일 케이크를 주문했던 빵집의 주인이라는 걸 알아챈다. 분노한 부부는 빵집 남자를 찾아가 실랑이를 벌인다.

모든 상황을 알게 된 빵집 남자는 부부에게 진심 어린 사과를 하고, 방금 구운 따뜻한 롤을 내민다. 일단은 든든히 먹어둬야 견뎌낼 수가 있는 법이라면서, 뭔가를 먹는다는 건 아주 사소한 일이지만 이럴 때는 그보다 더 좋은 일도 없다면서 빵집 남자는 계속해서 금방 구워낸 빵과 커피를 그들에게 가져온다. 며칠 동안 무언가를 제대로 먹은 적이 없었던 부부는 빵을 먹고(먹을 수 없을 줄 알았지만) 커피를 마신다. 빵은 따뜻하고 달콤했다. 그들이 먹는 걸 흐뭇하게 바라보던 빵집 남자는 부부에게 그동안 살면서 힘들었던 이야기들을 털어놓는다. 부부는 금방이라도 쓰러질 것처럼 피곤하고 심란했지만, 그의 이야기에 때때로 고개를 끄덕이면서 먹지 못할 때까지 빵을 먹었다. 소설은 이렇게 끝이 난다. "이윽고, 창문에 희미한 햇살이 비치기 시작했지만, 그들은 떠날 생각을 하지 않고 있었다."

소설은 새벽에서 아침으로 향하는 풍경으로 끝이 나지만, 나는 이 소설을 읽을 때마다 이상하게도 어둑해진 가을 저녁의 고즈넉한 풍경이 떠오르는 시를 생각하곤 했다.

이도 저도 마땅치 않은 저녁

철 이른 낙엽 하나 슬며시 곁에 내린다

그냥 있어 볼 길밖에 없는 내 곁에

저도 말없이 그냥 있는다

고맙다

실은 이런 것이 고마운 것이다

_「조용한 일」, 김사인

 해 저문 저녁에 길 잃은 이들을 비추는 달빛처럼 가만히 우리
를 바라보는 김사인 시인의 시와 고통 속에서도 어김없이 떠오
르는 태양의 존재를 느끼게 하는 레이먼드 카버의 단편이 나는
많이 닮았다는 생각을 했다. 우리를 지켜보는 존재가 어딘가에
있을지도 모른다는 믿음을 조용히 품게 하는 작품들. 그래서 나
는 감당하기 어려운 고통과 외로움이 밀려올 때면 사랑하는 이
작품들을 한 번씩 다시 찾았던 것 같다.

 언젠가 다시 견딜 수 없는 순간에 우연처럼 어딘가에서 누군
가가 나를 안타까운 눈빛으로 바라보며 내 어깨에 가만히 손을

없는 것 같은 뜻밖의 위로를 마주하게 된다면, 그때는 잊지 않고 이렇게 가만히 말해보고 싶다.

고맙다. 참 고맙다.

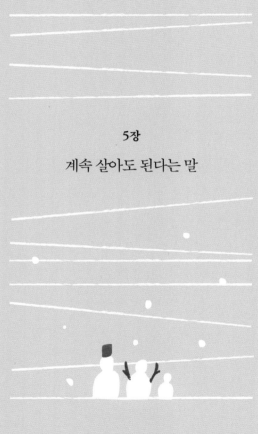

5장

계속 살아도 된다는 말

당신은 당신이 생각하는 것보다 훨씬 대단하다

"모두 잘 지내고 계세요?"

한 해가 끝나갈 무렵이었다. 맥주를 한 캔 마시고 나니 H 선배와 Y 후배가 보고 싶어져 단톡방으로 두 사람을 초대했다. 취했다는 고백과 함께.

"저도 술이나 한잔해야겠어요. 낮에 펑펑 울었더니 많이 다운되어 있었거든요."

후배는 힘들어하고 있었다. 연말이 되니 더욱 그런 것 같았다.

"TV를 봐도 책을 봐도 다들 자기 것을 만들어가고 있는데, 나만 뭐 했나 싶어요. 식구들 뒤치다꺼리만 하고…… 슬펐어요. 하지만 결국 내가 못 하는 것이라고 사람들은 말할 테고……."

올해 초 Y는 책을 써달라는 제안을 받고 시간과 공을 들였지만, 관계자와 의견이 맞지 않아 꽤 진행한 작업을 엎어야 했다. 그래도 마음을 다잡고 오래전부터 해오던 드라마 대본 습작을 꾸준히 해나갔다. 혹여 집에 있으면 게으름을 피울까 봐 공유 오피스를 계약하고 날마다 부지런히 출근해서 글을 쓰던 Y였다. 게다가 Y는 에어비앤비 두 곳을 운영 중이었다. 그러던 중에 Y의 어머니가 계단에서 구르는 사고를 당하셨다. Y의 일상은 멈췄다. 어머니의 척추 2번과 12번이 부러졌고 발목 인대가 고장 났다. 아이를 종일 어린이집에 맡긴 채 어머니를 보살피고 부축하던 Y는 허리까지 삐끗했고 어머니가 계신 병실에 함께 입원했다. 퇴원하고 나서는 두 집 살림이 시작됐다. 아니, 운영하는 에어비앤비까지 합치면 네 집 살림을 했다(매일 세탁기만 다섯 번을 돌릴 정도의 노동량으로). 게다가 코로나로 남편의 재택근무와 아이의 가정보육까지 겹치면서 가사 노동은 더 늘었다. 도저히 글을 쓸 수 없는 상황이었다.

상황이 이렇게 되자, Y의 간절함은 더 커졌다. 글이 너무 쓰고 싶었던 거다. 어쩔 수 없이 돌아가는 상황에 떠밀려 해내야 하는 일들 말고, 자신이 주체적으로 할 수 있는 일에 대한 간절함이었을 것이다. 어지러운 마음을 돌려보려고 TV를 틀면 온갖 시상식이 중계 중이었다. 화려한 주인공들의 수상소감을 듣고 있자면 어쩐지 초라한 마음이 들었다. 책을 들면 이 사람은 이렇게 자기 것을 만들어내는데 나는 뭘 한 거지, 하는 마음에 울적해졌다. 시간이 지나면 나아지겠지, 그런대로 견디던 Y는 한 해의 마지막 날, 더는 괜찮은 척을 할 수가 없었다.

Y의 이야기를 듣고 있자니 이리저리 분주히 뛰어다녔을 모습들이 그려져 마음이 짠해졌다. 한편으로는 후배가 대견했다. 한참 손이 많이 갈 다섯 살 아이를 키우며 어머니를 돌보고 에어비앤비를 운영하는 쉴 틈 없는 일상을 꾸려가면서도 Y는 힘든 상황을 버거워하고 속상해했을지언정 자신의 꿈을 향한 걸음을 포기하지 않았다. 오히려 간절함은 더 커져 있었다. Y에게 말했다.

"엄청 많은 일을 해냈구만. 스스로를 대단하게 생각하세요."

조용히 후배들의 이야기를 들으며 다독이던 H 언니는 이런 말을 해주었다.

"누가 그러더라. 사람들은 보통 자신이 최고일 때를 자신의 표준으로 삼는대. 하지만 60퍼센트만 해도 훌륭한 거래. 그걸 잊지 않으면 우리 인생이 조금 더 예뻐 보일 거야."

생각해보니 그렇다. 우리는 늘 우리가 해낸 일보다 해내지 못한 일들 앞에서 서성인다. 더 열심히 해야 했는데, 잘해야 했는데 왜 나는 그렇게밖에 못 했을까(이렇게 마치지 못하거나 완성하지 못한 일을 쉽게 마음속에서 지우지 못해 사람들은 괴롭다. 이런 현상을 심리학 용어로 자이가르니크 증후군이라고 한다).

아니다. 우리는 잘 해왔다. 아침에 욕이 나올 정도로 고단한 몸을 하루도 빠지지 않고 일으켜 세웠다. 참을 수 없는 모멸감을 느낀 어느 날에도 우리는 삶을 포기하지 않았다. 생의 쓰라림에 눈물을 흘리면서도 어떻게든 힘을 내보겠다고 숟가락을 들었다. 그리움과 외로움에 스스로 몸서리를 치다가도 누군가 울면 내일처럼 같이 따라 울었다. 행복해 보이는 사람들 속에서 움츠린 어깨를 펴려면 어떻게 해야 하는지 그 답을 찾느라 잠 못 이루기도 했다. 모두 우리가 해낸 일이고 견뎌온 시간이다.

나는 영웅이란 게 어떤 것인지 잘은 모른다.
하지만 난 이렇게 생각한다.
영웅이란 자기가 할 수 있는 것을
하는 사람이라고 말이다.
다른 이들은 그걸 하지 않는단다.

_『장 크리스토프』, 로맹 롤랑

Y도, H 선배도, 나도, 당신도 모두 최선을 다했다는 것을 안다. 우리는 할 수 있는 있을 외면하지 않았다. 한 번씩, 이놈의 인생은 왜 그렇게 고단한 거냐고, 언제 좀 마음 편해지는 날이 오느냐고, 번쩍번쩍 화려한 날이 내게는 있느냐고 누군가에게 투정을 부리고 싶은 마음을 감추지는 못했지만, 언제나 그렇듯 우리는 우리의 몫을 성실히 해왔고 해나갈 것이다. 그러므로 우리는 자신들의 인생에서 누구나 영웅이다.

그런 우리들의 새해를 축복하며…… 이맘때면 늘 생각나는(언젠가 좋아하는 앵커가 해가 바뀌기 전날 소개해준 뒤로) 인디언 켈트족의 기도문을 당신에게 보낸다.

바람은 언제나 당신의 등 뒤에서 불고
당신의 얼굴에는 해가 비치기를.
(……)
앞으로 겪을 가장 슬픈 날이
지금까지 가장 행복한 날보다 더 나은 날이기를.
그리고 신이 늘 당신 곁에 있기를.

오늘도 나는 괜찮습니다

중학교 1학년 때 나는 다시 태어나서 모든 걸 새로 시작하고 싶었다. 어느 유명인이 쓴 책(자서전 성격의 에세이)을 읽으면서 받은 충격 때문이었다. 책 속의 주인공은 너무나 완벽했다. 배우로 이름을 날린 아버지와 아름답고 강인한 어머니의 아들로 태어난 것부터 비상한 머리와 뛰어난 외모에 누구나 좋아하는 성격까지 그야말로 어디 하나 흠잡을 데가 없었다. 중학생이 될 무렵 유학을 떠난 그는 동양인이라고 무시하는 친구들에게 지고 싶지 않아서 기숙사에서 불이 꺼진 뒤에 화장실로 들어가 손전등을 켜고 공부를 할 정도로 근성도 남달랐다. 나를 더 놀라게 한 건 책이 끝날 때까지 그의 이야기에서 어떤 흠결도 찾아볼 수 없다는 것이었다. 한 번도 1등을 놓치지 않은 채 친구들의 동경 어린 시선을 느끼며 유학을 떠나 남다른 노력과 함께 성공이 예정된 길 안에서 아름다운 연인을 만나는 과정은 그야말로 완벽함 그 자체였다. 이제 갓 중학교에 입학한 10대 소녀였던 나는 그에게 맹렬한 질투심을 느꼈다. 중학교에 입학하자마자 본 시험에서 전교 10등 안에 들어 기뻐하던 내가 한없이 초라했다. 올백으로 채워지지 않은 성적표도, 친구를 데려오기엔 초라했던 집도, 길 가던 이를 돌아보게 하는 뛰어난 외모도 갖지 못한 내가 싫었다(그때부터 사춘기가 시작됐던 것 같다). 고작 13년을 살았지만, 그때 돌아본 내 인생은 정말이지 실수와 상처와 흠결로 범벅된 인생 같았다. 앞으로 미친 듯이 노력해서 무엇이든 잘한다고 해도 지난 13년 동안 해내지 못한 것들과 갖지 못한 것들이 내 발목을 잡을 것만 같았다. 다시 태어나지 않는 한 완벽한 인생은 살지 못할 거라는 패배감은 사춘기 소녀를 한동안 주눅 들게 했다. 흠결 없는 깨끗하고 빛나는 인생을 꿈꾸던 어린 소녀는 그 이후로 더 많이 좌절하고 실패하고 상처 입었다. 그게 당연한 일이라는 걸 그때는 알지 못했다.

그때의 내가 조금은 귀엽기도 안쓰럽기도 하다. 완벽한 인생이 존재한다는 걸 믿었다는 건 그만큼 순수했다는 뜻일 테니. 어린 소녀도 결국엔 누구나 살면서 숱한 시련과 상처를 겪으며 흠결을 가지게 된다는 걸 슬프게 알게 되는 날이 올 테니. 하지만 당시에는 나 나름대로 심각했다. 나는 무언가 내 뜻대로 이루어지지 않을 때마다, 마음에 생채기가 날 때마다, 괜히 내가 싫어서 어디로 숨고 싶어질 때마다 나라는 사람 자체에 계속해서 흠집이 나는 것 같은 기분이 들었다. 어떤 날은 그런 생각을 했던 것도 같다. 이렇게 상처투성이로 살아도 되는 걸까. 그때마다 매끈하고 상처 없는 깨끗한 피부를 가진 아기로 돌아가 다시 시작하고 싶었다.

어른이 되고 나서는 달라졌지만, 한 번씩 바꿀 수 없는 과거를 놓고 헛된 상상을 하기는 했다. 그때 내가 그런 상처를 받지 않았다면 지금 나는 달라지지 않았을까. 그때 내가 더 잘 해내서 목표를 이루었다면 지금 내 모습은 더 근사하지 않을까. 때로는 생각했다. 나를 자주 힘들게 하는 나의 어떤 면들은 지난 시간이 내게 남긴 상처 때문에 생긴 것은 아닐까. 돌이킬 수 없는 시간에 대한 안타까움은 부모를 향한 원망으로 이어지기도 했다. 그때 엄마가 나에게 이렇게 해줬다면 내가 더 잘되지 않았을까. 그 시절 우리가 부자였다면 내 인생은 조금 달라지지 않았을까. 어쩌면 낙천적이지 못하고 비관적인 사고 습관도 슬픔과 절망에 자주 노출된 탓은 아니었을까.

30년 동안 공황장애를 앓던 한 개그우먼이 어느 프로그램에서 이런 고백을 했다. 어린 시절에 받았던 상처가 마음의 병으로 이어진 것은 아닐까 하고. 6남매의 막내로 자랐던 그녀가 태어났을 때 집안 형편은 좋지 않았다. 도저히 아이 하나를 더 키울 수 없다고 생각했던 어머니는 갓 태어난 그녀를 뒤집어 엎어서 윗목에 밀어놓았다. 다행히 그녀의 울음소리를 듣고 가족들은 생각을 바꿨고 그녀는 집안의 귀여운 막내가 되었다. 그게 마음에 상처로 남았던 그녀는 엄마 품을 떠날지 몰랐다고 한다. 늘 엄마를 찾았고 엄마가 없으면 불안해했다. 엄마에게서 사랑을 못 받은 것도 아니었는데, 받아도 받아도 계속 사랑이 부족한 느낌이 들었다고 한다. 그녀는 자신을 상담해주는 정신과 선생님께 한 번도 꺼내지 않았던 이 이야기를 전하며 묻는다. 어린 시절의 상처가 병적으로 이어져 혹시 공황장애로 이어진 것은 아니냐고.

나는 의사의 답이 몹시 궁금했다. 어쩌면 그럴 수도 있지 않을까. 과거의 상처가 현재까지 이어질 수도 있지 않을까 하면서. 차분히 그녀의 이야기를 듣던 의사는 나지막하지만 따뜻한 음성으로 이렇게 답했다.

어린 시절의 경험이 인생을 좌우한다고 볼 수는 없습니다. 우리
는 살아가면서 그것을 극복할 수 있는 수많은 경험을 하게 되죠.

  숱한 생채기들 앞에서 때때로 엄살을 피우고 싶었다. 이게 다
그때 그 일 때문이라고. 그렇게 핑계를 대면, 해내지 못한 일들과
어이없게 저지른 실수들과 내 잘못이 아닌데도 받아야 했던 상
처 앞에서 더 자유로워질 수 있을 것만 같았다. 마치 그래야 상처
가 나을 것처럼, 그러면 흠결이 사라질 수 있는 것처럼.
  의사의 말을 들으며 나는 비로소 생각했다. 상처와 수많은 흠
결이 존재해도 우리는 여전히 괜찮을 수 있다는 것을. 돌아보면
나의 숱한 생채기는 대부분 많이 곪지 않고 스스로 나을 때가 많
았다. 자주 넘어지고 다쳤지만, 어느 정도의 시간이 지나면 나도
모르는 사이 괜찮아졌다. 상처의 깊이에 따라 필요한 시간의 차
이가 있었을 뿐. 그런 생각을 하고 있으려니 좋아하는 드라마에
나왔던 이 대사가 기억났다.

  「아무도 모른다」라는 영화가 있다. 이 영화 마음이 아파 못 보겠
어서 보다가 껐다. 그러다 영화 한다는 놈이 이런 것도 못 보고
무슨 영화를 한다고. 다음 날 다시 봤다. 애들이 나름 자기 힘이

있더라. **인간은 다 자가 치유 능력이 있다.**

_드라마 「나의 아저씨」

    영화 「아무도 모른다」는 크리스마스에 돌아온다는 얘기만 남기고 떠난 엄마를 기다리며, 어른의 손길을 받지 못하고 방치된 채 살아가는 아이들의 이야기다. 나도 드라마 속 인물처럼 마음이 너무 아플 것 같아서 이 영화를 볼 용기를 내지 못했다. 상처 입은 아이들이 그렁한 눈으로 나를 볼 것만 같아서, 해맑게 웃어야 할 아이들이 눈물로 얼룩진 얼굴로 다치고 또 다치는 모습을 차마 볼 수 없을 것 같아서. 그런데 그 영화를 끝까지 참고 본 드라마 속 인물은 결국 아이들의 모습에서 '치유의 힘'을 찾아내고 만다.

    인간은 다 자가 치유 능력이 있다는 그의 말을 믿는다. 그럼에도 불구하고 끝끝내 살아내고 있는 많은 우리가 그 증거일 테니. 나는 확신한다. 지금도 어디서 누군가는 다친 상처를 보듬으며 그 드라마에 나오는 어떤 인물처럼 이렇게 말하고 있을 거라고.

    엎어질 순 있습니다. 괜찮습니다.

    (……)

어디서 피가 흘렀을까요?

괜찮습니다, 괜찮습니다, 괜찮습니다.

(......)

나는 오늘 일과를 다 했습니다.

나는 망가지지 않았습니다.

난 잘 살고 있습니다.

당신에게 최선을 다해 가고 있어요

　정치라는 것은 그저 '그들만의 쇼'일 뿐이라고 나는 오래전부터 삐딱하게 생각해왔다. 이상과 현실의 괴리에서 흔들리며 변해가는 이들과 노골적으로 제 뱃속 채우기에 급급한 이들을 보는 일이 솔직히 신물이 날 정도로 지겨웠다. 나와 다르게 남편은 관심을 끄지 않았다. 그는 곧잘 정치 유튜브를 찾아보곤 하는데 그럴 때면 막장 드라마의 공식처럼 격앙된 목소리와 고성, 욕설이 멀찌감치 떨어져 있는 내게도 들려왔다. 그때마다 남편을 타박했다. 아니 도대체 그런 걸 왜 보는 거야. 세상은 그렇게 쉽게 변하지 않는 거라며, 정치에 관심 가질 시간에 차라리 저녁 메뉴를 고민하겠다는 나 또한 이미 그렇고 그런 무책임한 기성세대가 되어버렸다는 걸 알고는 있다. 실은 그 사실조차 의식하지 못한 채 살아가고 있었는지도 모르겠다. 그런 내게 어떤 정치인이 똑똑 문을 두드렸다.

> 87년생인 저는 독재의 두려움을 피부로 알지 못합니다. 그러나 다른 두려움을 압니다. 무한한 경쟁 속에 가루가 되어버릴 것 같은 두려움, 나날이 변화하고 복잡해지는 세상 속에 내 자리는 없을 것 같은 두려움, 온갖 재난과 불평등으로부터 나와 내가 사랑하는 사람들을 끝까지 지켜줄 수 없을 것 같은 두려움, 무사히 할머니가 될 수 없을 것 같은 두려움. 누구를 타도해야 이 두려움이 사라지는지, 알 수 없는 두려움입니다.
>
> _ 장혜영, 국회 대정부질의 모두발언 중에서

하나의 두려움이 사라지면, 또 다른 두려움이 나타난다. 삶이 이런 식으로 진행된다는 걸 모르지 않을 만큼 살아왔다. 나와 세대는 다르지만, 그녀가 느끼는 두려움은 내가 느껴왔고 또 느끼고 있는 두려움이기도 했다. 그녀가 무슨 이야기를 하고 싶은지 어떤 세상을 만들고 싶은지 궁금해졌다.

장혜영이 청년 정치인으로 국회에 등장하기 전에, 그 이름을 기사를 통해 알고는 있었다. 2017년 6월, 장혜영은 중증 발달장애인 동생 혜정 씨를 장애인 거주 시설에서 데리고 나왔다. 동생이 18년간 머물던 시설에서 인권 침해가 있었다는 사실을 알게 된 후 더는 동생을 그곳에 둘 수 없었다. 이렇다 할 사회의 지원도 없이 장혜영은 프리랜서로 일을 하며 동생과 단둘이 살아가기 시작했다. 이 시간을 유튜브 방송「생각 많은 둘째 언니」로 기록했고 다큐멘터리 영화「어른이 되면」을 만들었다. 그녀가 쓴 같은 이름의 책『어른이 되면』을 읽으며 나는 새삼 우리가 사는 이곳이 약자들에게 얼마나 불편한 세상인지를 실감했었다.

어쩌면 그녀의 정치 참여는 필연이었는지도 모른다. 시민으로서 모든 걸 다 해봤는데도 변하지 않는 아득한 현실을 타파하기 위해 직접 정치에 뛰어들 수밖에 없었을 것이다. 정치는 자신의 진실한 경험에 비추어 시민들과 가치를 소통하는 일이란 그의 말이 그래서 더 기억에 남는다.

그렇다고 그녀의 이력이 주는 진정성과 청년 정치인은 다를 거라는 기대 때문에 정치를 예쁜 눈으로 바라보게 된 건 아니다. 나는 이미 실눈 뜨고 세상을 보며 그 무엇도 쉽게 믿지 않는 나이를 살고 있으니까. 그랬지만, 장혜영이 인터뷰에서 한 이 말에는 그만 울컥하고 말았다.

당신은 혼자가 아니에요!

나는 당신을 포기하지 않았어요.

당신이 어디에 있든, 누구든, 이름도 잘 모르지만

내가 지금 최선을 다해 가고 있어요.

조금만 기다려주세요!

"나는 당신을 포기하지 않아요"라는 메시지가 절실하게 필요했던 시절이 그녀에게도 있었다고 했다. 그 시간이 어떤 시간이었는지 말하지 않아도 조금 알 것 같았다. 어떤 힘겨움과 외로움과 서러움 같은 것들을. 그 시간을 지나왔기에, 사람은 "당신은 혼자가 아니에요, 최소한 둘입니다"라고 말해주는 사람만 있어도 쉽게 삶을 포기하지 않는다는 사실을 그녀는 잘 알고 있었다.

간절히 듣고 싶었던 말이 있는 사람은 그 말을 또 누군가에게 간절하게 전하고 싶어지는 법이다. 상처받은 이들이 상처받는 또 다른 이를 진심으로 위로하고, 아파본 이들이 아픈 사람을 더 살피는 것처럼, 우리의 삶은 그렇게 연결되어 있다.

가장 연약한 사람들의 평등과 존엄을 지켜야 내 삶도 편해져요.

_ 「청년정치 와글와글」 인터뷰

우리는 모두 작은 것들에 흔들리고 아파하는 약한 사람들이니까, 언젠가 우리는 모두 더없이 약해진 채로 생을 마감하게 되니까, 결국 우리는 같은 운명을 지닌 사람들이 아닐까. 어제의 당신의 삶이 오늘의 내 삶이 될 수도 있다는 것을 우리는 살면서 충분히 배우지 않았던가. 나와 다르지 않은 당신을 생각하면 애틋해진다. 곁에 있다면 한 번쯤 등을 토닥이고 싶어진다. 할 수 있다면 작은 것이라도 도와주고 싶다. 그의 마음도 그렇지 않았을까. 삶의 상처로부터 자유로운 사람도 인생의 고통으로부터 예외인 사람도 없다. 누군가를 걱정하는 마음이 언제나 우리를 무장해제 시키는 건 그 때문일 것이다.

이 책을 읽는 당신이 어떤 길 위에 있는지 알지 못한다. 당신이 평화로운 들판을 걸을 때, 아름다운 해변을 걸을 때, 험한 고개를 오를 때, 폭풍우 속에서 길을 잃고 헤맬 때, 길을 가는 것이 조금도 기쁘지 않을 때에도 늘 용기 있는 선택을 하기 바란다. 누군가는 당신을 걱정하고 있으니까. 누군가는 지친 당신을 위해 글을 쓰고 있을지도 모른다.

_『넘어져도 상처만 남지 않았다』, 김성원

가끔 생각한다. 오늘 하루가 무사한 건, 얼굴도 모르는 이들이 어딘가에서 보내는 진심 어린 걱정 때문은 아닐까. 누군가를 걱정하는 마음으로 밤새워 글을 쓰던 작가처럼 누군가도 그런 마음으로 정치를 하고 있을 거라고 믿고 싶다.

그런 생각을 하니 이제 와 반성이 된다. 정치에 냉소와 무관심을 보이며 행동하지 않는 시민이었던 시간이. 이제는 조금 달라지고 싶다. 저럴 줄 알았지, 체념하며 무시하는 대신, 함께 당신을, 우리를, 사회를 걱정하는 사람이 되고 싶다. 이 다짐이 결국 나를 포함한 우리의 삶을 지켜주리라는 걸 오래 명심하기로 한다.

열심히 사는 나를 누군가는 지켜보고 있다

　오디션 프로그램은 꼭 '본방 사수'를 하게 된다. 정지의 평화 대신 도전의 고통을 선택한 그들에게 전하는 경의라고나 할까. 사전 제작이기에 내 응원의 기운이 그들에게 닿을 리 없다는 걸 알면서도 어쩐지 재방이나 '짤'로 그들의 무대를 보는 건 예의가 아닌 것만 같다. 떨리는 두 손으로 마이크를 꼭 쥔 채 후들거리는 다리로 무대 위를 올라 눈을 반짝이며 잊고 있던 삶의 생기를 전해주는 그들에게 제시간에 박수를 보내주고 싶어 늦은 밤이라도 기꺼이 TV 앞에 앉는다.

　"저 사람들 나빠. 자기들이 뭔데 막 못했다고 해. 그럼 저 이모 랑 삼촌이랑 상처받을 거 아니야. 저 프로그램 너무 잔인해!"

청찬이 한참 소중한 아홉 살 아들에게 오디션 프로그램은 가혹해 보인다. 저렇게 모진 말을 하면 다시는 노래하고 싶지 않을 거라고 아이는 걱정한다.

"견뎌내야지, 정말 하고 싶으면. 고칠 점을 깨닫고 배우고 연습하면 되는 거야. 그래야 강해져."

"그래도 난 싫어. 난 저런 데 절대 안 나갈 거야."

아이에게 모범 답안인 양 말했지만 실은 나도 마음에 걸린다. 혹평을 들은 그는 앞으로 어떻게 될까. 더 분발할까, 현실을 인정해야 한다며 다른 일을 찾게 될까. 심사위원들의 평가는 항상 공정할까.

그의 나이는 서른여덟. 뮤지컬 배우인 그는 아직 주인공이 되지 못했다. 다른 단역 배우들과 함께 극의 풍성함을 만드는 앙상블만 10년 차. 어느 날 그는 무명 배우들을 대상으로 뮤지컬 주역을 뽑는 오디션에 도전한다. 매력적인 베이스 바리톤을 가진 그는 본선 첫 번째 무대와 두 번째 무대에서 모두 호평을 받았다. 세 번째 무대. 이 무대를 통과하면 이제 열두 명 안에 든다. 그는 칼을 갈았다. 낮은 중저음에 어울리는 엘비스 프레슬리의 러브송은 물론이고, 새로운 면을 보여줄 로큰롤까지 준비하며 자신의 트레이드마크인 콧수염까지 깨끗이 밀었다. 그가 그토록 바랐던 10년 만에 처음 가져보는 단독 무대. 짧은 시간이지만 얼마나 부단히 준비했는지, 얼마나 간절한지 무대를 보는 내게도 그의 감정이 전해졌다.

심사위원들의 평가는 냉정했다. 엘비스 프레슬리가 전해주었던 강렬함과 유연함을 넘어서기엔 부족한 무대라는 평. 나는 고개를 갸웃했다. 이미 전설이 되어버린 엘비스 프레슬리를 능가하는 가수가 있을 수 있을까. 조바심이 났다. 스물여덟도 아니고 서른여덟. 어차피 안 되는 거였어, 하고 그가 좌절하면 어쩌나. 그의 지난 세월은 어떻게 하나. 심사위원 중 한 명인 뮤지컬 배우 마이클 리는 다른 평가를 했다. 그 누구도 엘비스 프레슬리가 될 수는 없다고. 충분히 열정이 넘치는 좋은 무대였다고. 결국 그는 마이클 리를 제외한 다른 심사위원의 표는 한 표도 받지 못한 채 탈락했다. 탈락이 결정된 뒤 애써 웃으며 무대를 퇴장하는 그의 뒷모습을 바라보던 마이클 리는 섭섭함을 토로했다.

"한 번도 제대로 기회를 갖지 못했잖아. 해볼 수 있는 기회가 없었잖아요."

나는 가슴을 쓸어내렸다. 쓴 소주를 앞에 놓고 방송을 보던 그는 눈시울이 붉어지겠지. 꿈을 향해 달려온 후배의 가능성과 갖지 못했던 기회에 대한 회한을 헤아려준 선배의 말을 오래 곱씹으면서. 탈락 끝에 마지막 잎새처럼 매달린 따뜻한 한마디를 두고두고 새기면서 그는 꿈을 향해 다시 걸어야 하는 지난한 과정을 또 견뎌낼 것이다. 그러길 바란다.

TV에 나가는 건 꿈도 꿔본 적이 없는 평범한 내가, 그 살 떨리는 오디션을 경험할 가능성도 전혀 없는데도 오디션 무대에 선 이들에게 몰입하는 이유는 뭘까. 아마도 나 또한 내 작업물을 늘 누군가에게(방송작가일 때는 피디와 디제이와 청취자에게, 책 작업을 하면서는 편집자와 독자에게) 평가받는 일을 해왔기 때문일 거다. 누군가 선택해주길 항상 기다려야 하는 '을'의 마음. 선택되기까지의 고단함과 선택된 후에도 끝나지 않는 평가와 언제든 내쳐질 수 있다는 불안감을 이해한다. 그래서 생각한다. 누군가에게 "당신은 아니에요"라는 말을 할 때는 그 어느 때보다 신중한 배려를 해야 한다고. 인생이란 원래 냉정한 거라고 쉽게 말할 수도 있지만, 독한 말들 속에서도 자신을 다잡고 다시 일어서는 게 프로겠지만, 때로 어떤 무례한 평가와 태도는 누군가의 무릎을 꺾고 오랫동안 일어나지 못하도록 만든다.

언젠가 내가 맡은 프로그램에 게스트로 참여했던 뮤지션이 작사 의뢰를 한 적이 있다. 불쑥 전화를 건 그는 그동안 자신이 봤던 내 원고의 감성이라면 작사도 가능할 것 같다며 한번 해보겠냐고 했다. 소심한 나는 해본 적이 한 번도 없는데 그러다 망치면 어쩌냐며 주저했다. 그는 부담 갖지 말라며 가볍게 말했다. "아니면 제가 안 쓰면 되죠." 해보고 싶은 일이기도 했고, 경험이 되겠지 싶어 음원을 받았다. 내게 주어진 기한은 이틀. 밤을 새우다시피 음원을 듣고 또 들으며 노랫말을 완성한 뒤 그에게 보냈다.

며칠이 지나고 그에게선 아무런 연락이 없었다. 까였구나, 직감했지만 결과를 정확하게 확인하고 평가를 듣는 게 좋다는 생각에 문자 메시지로 노랫말이 어땠는지를 물었다. 그의 답장은 의외였다. "작가님, 노랫말 너무 좋은데요? 수고하셨어요. 감사합니다." 이렇게 작사가로 데뷔하는 건가, 기분이 날아올랐다.

몇 달이 지났다. 곡 작업이 오래 걸릴 수도 있지. 음원도 시장 상황을 봐가면서 나오니까. 들뜨는 마음을 가라앉히며 노래가 발표되길 기다리던 어느 날, 인터넷 검색을 하다가 새 노래가 나왔다는 걸 알았다. 내가 밤새워 들었던 그 멜로디는 맞지만, 내가 정한 노래 제목도, 노랫말도 아니었다. 아니면 아니라고 말해줄 수는 없었을까. 말할 가치도 없을 정도로 작업이 형편없었던 걸까. 마침 일을 쉬고 있던 나는 잔뜩 풀이 죽어버렸다. 상냥한 무례에 타격을 입은 뒤 다시는 노랫말 따위는 들여다보지 못했다.

방송이 되고 나면 날아가 버리는 원고가 아닌 내 글이 쓰고 싶어 출판 기획안을 쓰고 샘플 원고를 써서 출판사에 투고한 적이 있다. 처음은 언제나 호기롭다. 나는 누구나 알 만한 규모가 큰 출판사 다섯 곳에 메일을 보냈다. 투고에 대한 결과는 빠르면 일주일, 늦어도 한 달 안에 답이 온다. 거절 회신의 내용은 대부분 비슷하다. 원고를 투고해주셔서 감사하지만, 당사의 출판 방향이나 출판 계획과 맞지 않아 출간이 어렵다는 네다섯 줄의 짧은 내용들이다. 내 투고에 대한 답변들도 비슷했다. 일주일이 지나고, 2주일이 지난 뒤 생각했다. 아닌가 보다, 이제 어쩌지.

메일을 열어보며 기대와 실망을 반복하던 어느 날, 한 출판사에서 또 한 통의 메일을 받았다. 열어보니 꽤 장문이어서 긍정적인 답변일 거라 기대했지만 결론은 출간이 어렵다는 얘기였다. 그런데 이번 메일에는 마음이 조금도 상하질 않았다. 분명한 거절 회신이었는데도. 메일 속 문장 한 줄 한 줄은 무척 조심스러웠고, 정중했으며, 배려가 깊었다.

(……) 분명히 다른 곳에서 또 다른 평가를 받을 만한 좋은 작품

이라고 생각합니다.

저희는 평론가가 아니고 오직 저희 출판사에서 발행할 때의 적

합성만을 검토한 것임을 조심스럽게 말씀드립니다.

따라서 소견일 수 있으며, 시각에 따라 다를 수 있음을 혜량하여

주시기 바랍니다.

다음 기회에 더 좋은 인연을 맺을 수 있었으면 좋겠습니다.

그럼, 선생님의 건승을 기원하겠습니다. 고맙습니다.

나는 읽자마자 포스트잇을 한 장 떼어 그 가운데 한 줄을 힘주

어 적었다.

"분명히 다른 곳에서 또 다른 평가를 받을 만한 좋은 작품이라

고 생각합니다"

포스트잇을 책상 앞에 붙이고 난 뒤, 원고의 방향과 내용을 조

금 더 고민해 수정했고 샘플 원고를 추가해서 다시 출판사 몇 곳

에 투고했다. 일주일 뒤 몇 군데의 출판사에서 함께하자는 연락

을 받았고, 그 이후로 나는 지금 세 번째 책을 작업하고 있다.

오디션 프로그램 덕후지만, 챙겨 보기를 그만둔 프로그램이 하

나 있다. 여느 때처럼 열렬한 마음으로 TV 앞에 앉았다가 조금 속이 상했다. 심사위원들이 오디션 참가자를 평가하고 탈락 여부를 결정하는 건 다른 프로그램과 같았다. 다른 점은 심사위원이 다음 무대에 오를 진출자를 고르지 못했을 때(참가자의 수준이 다음 무대를 준비할 만큼의 실력이 안 된다는 뜻) 버튼 하나를 누른다는 거였다. 그러면 참가자는 발밑에서 자신의 얼굴만큼이나 큰 세 글자를 확인하게 된다. 그 글자는 바로 이거였다. 'OUT.'

내게 재능이 있는지, 희망이라는 불씨를 어떻게 꺼뜨리지 않으며 살 수 있는지, 꿈을 위해 언제, 어디까지 견뎌야 하는지 알 수 없을 때, 애니메이션 「포카혼타스」에 나오는 'Color of wind'를 생각한다.

얼마나 크게 될지 나무를 베면 알 수 없죠.

애써 키워온 내 마음속 불씨에 누군가 찬물을 쏟아부으려고 할 때 단호하게 '반사'를 외치는 단단한 오기 하나쯤 품을 줄 아는 사람이길 소망한다. 누군가의 가능성에 도움이 되지는 못할지언정, 함부로 훼손하는 사람은 되지 말아야지 다짐한다. 누군가 흔들리는 눈빛으로 '어떻게 해야 하나요' 묻는다면, 계속해야 할지 말지 정할 수 있는 사람은 오로지 당신 자신뿐이라고 조금은 결연한 태도로 말할 것이다. 할 수 있다면 이 말도 조심스럽게 전하고 싶다. 혹여 그토록 열심히 바라보던 별에 손끝 하나 닿지 못할지라도…… 하늘을 향해 손을 뻗던 당신이 얼마나 반짝였는지, 그 빛이 얼마나 근사했는지 누군가는 오랫동안 기억할 거라고.

인생이란 사랑하는 사람이랑 재미있게 노는 것

작년 봄, 남편의 동생 부부가 아이를 가졌다. 결혼 10년 만이었다. 마흔과 마흔한 살에 엄마 아빠가 될 터였다. 남편은 축하의 말과 함께 내가 노산이었던 걸 의식하고 늦지 않았다며 잘할 수 있다는 격려와 축하를 보냈다. 옆에서 남편의 말을 듣던 나는 그게 꼭 육아의 고단함을 모르는 태평한 소리처럼 들려서 예비 부모에게 이렇게 말해버렸다.

"늦기는 좀 늦었죠. 어린이집 가면 또래 엄마도 찾기 어려울 거예요. 그만큼 체력적으로도 힘들고. 삶의 중심도 이제 완전히 바뀔 거예요."

전쟁 시작이라는 내 말의 뉘앙스를 간파한 예비 아빠는 예상

외로 웃으며 이렇게 말했다.

"하하, 그런데 저희 아이 없는 10년 동안 정말 재미있게 놀았어요. 여행도 많이 다니고, 하고 싶은 것도 다 해보고. 이제 셋이 놀면 되죠."

이.제.셋.이.놀.면.되.죠.

한 수 가르치며 육아 선배 행세를 하려는 내게 날아와 훅 박힌 이 여덟 글자가 갑자기 많은 생각을 불러일으켰다.

그런 낙천성이 내게는 없었다. 아이가 태어나는 그 순간부터 나는 무거운 의무감과 책임감에 시달렸다. 아이가 너무 예뻤지만, 항상 태산 같은 걱정이 함께했다. 단 한 시간도 누군가의 돌봄 없이 살 수 없는 작고 약한 존재를 가만히 바라보고 있자면 두려운 마음이 일었다. 뮤지션 박선주가 어느 프로그램에서 했던 고백이 이해가 갔다. 그는 아이가 태어난 뒤 단 한 번도 아이를 안아주지 못했다. 혹여나 이 작고 여린 존재를 안다가 자신이 떨어뜨리면 어쩌나. 극심한 불안에 시달리며 우울증을 겪었다고 했다. 정도만 달랐지, 나도 비슷한 감정이었다. 혹여나 나 때문에 아이가 다치거나 잘못되면 어쩌나. 온 에너지를 아이에게 바치는 동안 급격하게 자아는 왜소해졌다. 내 삶은, 아이의 삶은 어떻게 꾸려가야 하는 거지. 때때로 잠이 오질 않았다. 아이와 어떻게 재미있게 놀까, 그런 생각을 할 여력이 없었다. 욕망과 희망과 걱정, 인간은 이 셋 중 하나에 사로잡혀 산다는 얘기를 들은 적이 있다. 나는 어리석게도 많은 에너지를 걱정에 쏟으며 사는 유형이었다.

"이제 셋이 놀면 되죠"라는 말을 들었을 때 처음으로 생각했다. 내게 그런 여유와 낙천성이 있었다면 어땠을까. 잠든 아이를 볼 때면 모든 것을 다 주어도 아깝지 않을 행복을 느끼고, 별것 아닌 일에 까르르 웃음을 터뜨리는 아이를 보며 웃었던 적이 내게도 물론 있었다. 하지만 육아를 대하는 내 자세가 조금 더 가볍고 낙천적이었다면 촘촘하게 박힌 사소한 기쁨을 훨씬 더 많이 찾아낼 수 있지 않았을까. 나는 내가 육아뿐 아니라 많은 일들 앞에서 비슷한 자세로 살아왔다는 걸 뒤늦게 알아차렸다. 인생의 가장 중요한 자세를 이 나이 먹도록 구축하지 못했음을 인정할 수밖에 없었다.

의문이 풀린다. 딱히 불행하지는 않다고 여기면서도 선뜻 행복하다고 말할 수 없었던 이유에 대해서. 버거운 삶을 지켜내는 가장 큰 힘이 낙천성이라는 것을 나는 외면해왔다. 그렇게 생각하니 좀 억울해진다. 그동안 내가 놓친 기쁨과 재미는 얼마나 되는 것일까. 그 대신 나는 무엇을 얻었나.

삶을 꾸역꾸역 버텨내다 이게 아닌데 하는 마음이 드는 순간, 인생은 수시로 질문을 던진다. 어떤 마음과 어떤 자세로 사는 게 맞는 것인가. 그 답을 모르겠을 때, 나를 사랑하는 사람이 내게 바라는 것이 무엇일까, 내가 사랑하는 사람에게 바라는 것이 무엇일까를 생각한다. 나 자신보다 더 사랑하는 존재와 이별해야 하는 순간, 어떤 당부를 하거나 받게 될지 생각하면 모든 게 조금 더 선명해진다.

드라마 「하이바이 마마」에서 죽었다가 살아난 차유리(김태희 분)는 잠시 세상에 머물다 다시 하늘로 돌아가기 전, 다섯 살 딸아이의 작고 여린 손을 잡고는 단 두 가지만을 부탁한다.

신나게 살아줘. 재미있게 살아줘.

그것이 전부였다. 사랑하는 이들의 당부대로 살려면 어떤 연습을 해야 하는지, 무엇을 마음에 품어야 하는지 나는 뒤늦게 배워나가고 있다. 너무 늦지 않았길 바라면서.

새해의 첫날, 눈이 오는 가운데 동생 부부의 아이가 태어났다.

두 사람을 꼭 닮은 아이가 입을 야무지게 벌리고 우렁차게 우는 걸 본 아이 아빠의 소감은 이랬다고 한다.

"가슴이 터질 것 같은 게 꼭 심장마비가 올 것 같아요."

삶의 모든 일이 그렇듯, 육아의 기쁨만큼 감내해야 하는 고단함이 그들에게도 예외는 아닐 것이다. 하지만 걱정하고 긴장하는 대신 벅차고 설레는 마음으로 그 시간을 준비할 수 있다면, 어렵지만 특별한 시간 속에 숨겨진 기쁨과 행복을 누구보다 잘 찾아낼 수 있으리라 믿는다.

나는 계속 나아갈 거야

> "우리는 엄청난 투쟁과 고통을 딛고 이 세상에 오지만, 세상을
> 떠나는 일도 어지간히 어려운 일이 아니다."
>
> _『숨결이 바람 될 때』, 폴 칼라니티_

우리가 살아 있는 동안 '세상을 떠나는 일'에 대해 생각하는 시
간은 얼마나 될까. 인생에는 삶과 죽음이 모두 포함되어 있다는
걸 모르지 않으면서도 자주 '죽음'을 잊는다. "네가 헛되이 보낸
오늘은 어제 죽은 이가 그토록 바라던 내일이다"라고 누군가 절
절하게 외쳐도 잠시 뒤를 돌아보다 가던 길을 갈 뿐이다. 우리는
믿고 있기 때문이다. 오늘이 그랬던 것처럼 내일도 당연하게 찾

아올 거라고.

30대에 부모님 두 분을 보내드리기 전까지는 나도 그랬다. 두 분을 간호하던 몇 년 동안, 병원을 들락거리면서 비로소 알게 되었다. 우리가 평범한 일상을 보내는 사이 많은 이들이 죽음과 사투를 벌이고 있다는 사실을. 암 병동에서 다양한 환자와 보호자를 만나면서 한 치 앞을 알 수 없는 게 인생이라는 생각을 했다. 당연하게 주어지는 시간은 없다는 것을 잊지 않으며 살고 싶었다. 한편으로 두려웠다. 만약 나에게 시간이 얼마 남지 않았다는 것을 알게 되는 날이 온다면 나는 과연 남은 날들을 어떻게 살아갈 수 있을 것인지. 내게 다가온 죽음을 어떤 태도로 맞이할 수 있을 것인지. 그런 생각을 하고 있으면 허무한 기분이 들면서 쓸쓸해졌다. 인간이 결코 이길 수 없는 게 죽음이란 생각을 하면 무력해지곤 했다. 부모의 죽음을 겪으면서 생의 끝에 '죽음'이 있다는 것을 잊지 말자고 해놓고도 나는 종종 외면하고 싶었다. 죽음은 나에게 먼일이라고. 그러니 그냥 일단 삶에 집중하자고. 그렇게 죽음을 피해 자꾸 도망가려는 나에게 깊은 질문을 던진 사람이 있었다.

그의 이름은 '폴 칼라니티'다. 그는 신경외과 레지던트로 인생의 절정을 느끼던 36세의 나이에 폐암 선고를 받았다. 암 진단을 받은 날 그는 욕실에서 소리 내어 울었다. "내게 남은 모든 날을 이곳에서 당신과 함께 보내고 싶어"라는 글이 쓰여 있는 그림을 보면서. 그는 정말 많은 걸 계획했고, 그 계획이 곧 성사될 참이었다. 많은 시간을 바쳐 쌓아온 그의 잠재력은 이제 빛도 보지 못한 채 사라질 것이었다. 그는 인정한다. 그의 몸은 쇠약해졌고, 자신이 꿈꿨던 미래와 정체성은 붕괴되었으며, 자신의 환자들이 대면했던 실존적 문제를 마주하게 되었으며, 신중하게 계획하고 힘겹게 성취한 미래는 더는 존재하지 않는다는 사실을.

그는 믿을 수 없는 현실에 고통스러워했지만, 사람들이 죽음을 이해하고 언젠가 죽을 수밖에 없는 운명을 정면으로 마주할 수 있도록 도왔던 신경외과의로서의 경험과 자세를 잊지 않았다. 그는 신경성 질환에 걸린 환자와 그 가족에게 의사로서 물었던 질문을 자신에게도 던진다. "계속 살아갈 만큼 인생을 의미 있게 만드는 것은 무엇인가?" 그는 생각한다. 30대에 죽는 것은 드문 일이지만, 죽음 그 자체는 드문 일이 아니라고. 그는 우리가 걸어가는 이 길 앞에 무엇이 있는지 보여주기 위해서 글을 쓰기 시작했다. 죽음이 위협하는 고통스러운 현실에 모든 것을 그만두고 싶어질 때면 그는 사뮈엘 베케트의 소설 한 구절을 생각했다.

"나는 계속 나아갈 거야." 나는 침대에서 나와 한 걸음 앞으로 내딛고는 그 구절을 몇 번이나 반복했다. "나는 계속 나아갈 수 없어. 나는 계속 나아갈 거야."

독한 치료 후에 겨우 회복된 몸을 추슬러 다시 자신의 현장에 나아가 수술실로 복귀한 것도 그런 이유였다. 어떤 동료는 그를 말리며 물었다. "당연히 가족과 함께 시간을 더 보내야 하는 거 아니야?" 하지만 그는 생사가 걸린 막대한 책임을 져야 하는 의무에 소명을 느끼며 수술실로 나간다. 그리고 쉼 없이 글을 쓴다. 진료를 받으려고 대기실에서 기다리는 동안에도 글을 썼고, 화학요법 때문에 손가락 끝이 갈라져 고통스러울 때에도 장갑을 낀 채 키보드를 쳤다. 언제 죽음이 닥칠지 알지 못하는 상황에서도 그는 아이를 갖기로 한다. "아이에게 작별을 얘기하는 것이 당신의 죽음을 더 고통스럽게 하지 않겠느냐"라고 묻자 그는 고난을 피하는 것이 인생이 아니라고 말하며 아내와 함께 다짐한다. 죽어가는 대신 계속 살아가기로. 그 선택이 그의 인생에 무엇을 선물했는지 그는 딸에게 이렇게 고백한다.

네가 어떻게 살아왔는지, 무슨 일을 했는지, 세상에 어떤 의미 있는 일을 했는지 설명해야 하는 순간이 온다면, 바라건대 네가 죽어가는 아빠의 나날을 충만한 기쁨으로 채워줬음을 빼놓지 말았으면 좋겠구나. 아빠가 평생 느껴보지 못한 기쁨이었고, 그로 인해 아빠는 이제 더 많은 것을 바라지 않고 만족하며 편히 쉴 수 있게 되었단다. 지금 이 순간, 그건 내게 정말로 엄청난 일이란다.

딸은 아빠의 얼굴을 기억하지 못하겠지만, 자신이 존재하는 이유에 대해 의문이 생길 때마다 아빠를 떠올리며 아빠가 그랬듯 다시 앞으로 나아갈 것이다.

우리는 결코 완벽에 도달할 수는 없지만, 거리가 한없이 0에 가까워지는 점근선(漸近線)처럼 우리가 완벽을 향해 끝없이 다가가고 있다는 것은 믿을 수 있다.

자신의 직업을 설명하며 폴이 했던 말은 나를 생각하게 만들었다. 완벽한 삶이라는 건 있을 수 없지만, 저마다가 생각하는 의미 있는 삶을 향해 마지막까지 포기하지 않고 나아가는 길이야말로 완벽을 향해 끝없이 다가가는 일일 거라고. 그것이 어떤 삶인지 그는 서른여섯 해의 자신의 삶으로 보여주었다.

폴 칼라니티의 책 『숨결이 바람 될 때』를 펼쳐본다. 그가 한 말들을 언제든 다시 보고 싶어서 책의 곳곳엔 밑줄을 쳤고, 수많은 페이지의 한 귀퉁이를 접어놓았다. 그만큼 나는 잊지 않고 싶었다. 가능성 없는 완치 대신 목적과 의미로 가득한 날들을 희망했던 그를. 그렇지만 언젠가 내게 죽음이 가까이 다가왔을 때 죽음 앞에서 남은 생을 의미 있게 만드는 일이 무엇인가를 고민하며 계속 앞으로 나아갈 수 있겠느냐고 누군가 묻는다면, 나는 고개를 숙일 것 같다. 그 혼란과 고통 앞에서 삶의 중심을 잃지 않을 수 있을지 솔직히 나는 자신할 수 없다. 그러나 어딘가에서 한 번씩 바람이 불어올 때면, 가끔은 진지하게 생각할 것 같다. 내가 없어진 세상에서 나는 어떤 사람으로 기억될 것인지. 그러면 방향을 잃었던 삶이 제자리를 찾기 위해 다시 부지런한 노력을 보여주리라고 믿는다.

수고했다 충분하다 넌 살아냈다

닳을 대로 닳아빠진 낡은 옷을 걸치고 아무렇게나 헝클어진 백발의 머리를 한 늙고 초라한 노파가 자신만큼이나 오래되어 보이는 낡은 원고 뭉치를 마치 자신의 아기인 양 꼭 끌어안은 채 주저앉아 지나간 삶을 읊조린다.

잃어본 적 없는 사람은 몰라.
전부 잃고 남은 게 하나라면 그 하나를 위해 난 전부를 걸어.

그런 노파를 사람들은 '평생 종잇조각만 붙들고 세상과 싸우는 미친 여자'라고 손가락질했다. 이해받을 수도 없는, 이해받기를 원하지도 않는 초라하고 외로운 삶. 오래된 원고 뭉치를 손에서 놓지 못한 채 아무도 관심 두지 말라고 이제 와 들여다보지도 말라고 쓸쓸하게 말하던 그녀는, 결국 마음을 숨기지 못한 채 누구든 손 내밀어 달라고 차가운 눈 속에 혼자 두지 말라고 서러운 마음을 토로하다 울음을 터뜨리며 외친다.

　　　　살아도 된다. 잘 견뎌왔다고 나.

　뮤지컬 「호프」의 이 장면을 TV에서 처음 봤을 때, 노파가 어떤 삶을 살아왔는지 그녀가 놓지 못하는 원고가 무엇인지 아무것도 모르는 채 나는 그만 감정이 북받치고 말았다. 나만 그런 게 아니었다. 그날, 무대 가까이에서 배우들의 노래와 연기를 지켜보던 관계자들의 표정도 나와 다르지 않았다. 한 편의 뮤지컬을 처음부터 본 게 아니었지만, 이미 한 곡만으로 사람들은 압도당했다. 무대를 보던 거의 모든 사람이 감정을 주체하지 못한 채 흐르는 눈물을 막지 못했다. 무엇이 우리 모두를 울게 한 것일까.

　아마도 노랫말 때문이었을 것이다. 마음에 훅 들어오면 결코 내칠 수 없는, 우리가 너무 붙잡고 싶은 그 말. 살.아.도. 된.다.는. 말. 토해내듯 내뱉는 이 노랫말에 많은 이들이 견디는 것밖에는 방법이 없었던 시간을 떠올렸던 건 아니었을까. 어느 때는 다 놓아버리고 포기하고 싶었지만, 차마 그럴 수 없어서 어떻게든 견디어야 했던 시간을. 그런 자신을 생각할 때면 안쓰러웠을지도 모르겠다. 그럴 때면 간절히 바라곤 했을 것이다. 잘 견뎌왔으니 살아도 된다는 말을 누군가가 해주기를.

아무도 해주지 않았던 그 말을 스스로 외쳐보지만, 노파는 생각한다. 너무 늦었다고. 이번 인생은 틀렸다고. 노파는 춥고 외로운 삶을 어떻게든 견디기 위해 원고 뭉치에 더욱 집착한다. 모든 게 다 그놈의 원고 때문이라는 걸 모르지 않으면서도.

도대체 원고가 무엇이길래 노파는 그토록 오랜 시간 원고에 집착하는 것일까.

노파가 집착하는 원고는 요절한 천재 작가 요제프 클라인의 유작이었다. 요제프가 세상을 떠날 때 그는 아무도 알아주지 않는 무명의 작가였다. 하지만 딱 한 사람, 요제프의 재능을 알아본 사람이 있었다. 그는 동료 작가이자 친구인 베르트였다. 베르트는 요제프가 자신의 재능을 믿지 못하며 찢고 태워버리려 했던 원고들을 몰래 갖고 있었다. 언젠가 세상이 요제프의 재능을 알아주는 날이 오리라 확신하면서. 2차 대전의 혼란 속에서 베르트는 소중하게 간수했던 요제프의 원고를 연인 마리에게 맡긴 뒤,

다시 돌아오겠다는 말을 남기고 떠났다. 마리는 연인이 떠난 뒤 전쟁의 소용돌이에 휘말리며 지옥 같은 삶을 견뎌내기 위해 원고를 병적으로 지킨다. 원고를 무사히 지키기만 한다면, 원고를 자신의 목숨보다 소중하게 생각하던 연인 베르트가 반드시 돌아올 거라고. 언젠가는 이 뛰어난 작품을 지켜낸 자신을 연인과 세상이 알아주는 날이 올 거라고. 그러면 그토록 원하던 사랑도, 행복도, 부도, 명예도 모두 얻을 수 있을 거라고 말이다. 그렇게 아득한 희망에 기대고 집착해야만 살 수 있던 시절이었다. 현실은 잔인했다. 딸과 함께 강제수용소에 갇힌 마리는 조금씩 정신을 잃어간다.

마리는 바로 노파의 엄마였다. 노파는 그녀의 엄마를 증오했다. 노파가 아주 어렸을 적부터 원고가 행복을 되찾아줄 거라 믿으며 모든 삶을 원고를 지키는 데 소진해버린 엄마가 원망스러웠다. 노파는 엄마와 다르게 그깟 원고가 없어도 행복할 수 있다는 것을 증명하고 싶었다. 그토록 원고에서 벗어나고 싶었건만 그녀의 인생도 엄마와 다르지 않았다. 엄마가 그녀에게 남긴 원고는 결국 엄마와 마찬가지로 그녀 인생의 굴레이자 존재의 이유가 되어버렸다. 무엇 하나 마음대로 할 수 없었던 불안과 혼란의 시간을 살아내며 노파도 어느새 그녀의 엄마처럼 믿고 있었던 걸까. 원고만 끝까지 잃지 않는다면 자신이 원하는 것들을 언젠가 얻을 수 있을 거라고. 원고를 끝까지 지켜내는 순간, 인생의 의미를 찾게 될 거라고. 시간이 흐르면 자신이 원고를 지키기 위해 견뎌온 세월을 사람들이 알아줄 날이 올 거라고.

세월이 흘러 무명이었던 요제프는 천재 작가로 재평가를 받게 되었지만, 노파의 기대와 달리 세상은 그녀에게 손가락질을 하며 당신이 쓴 원고도 아니니 그만 원고를 내놓으라고 한다. 이제 원고 소유권을 놓고 노파와 국립도서관은 재판을 하며 싸우고 있다. 노파는 결코 인정할 수가 없다. 원고를 지키기 위해 노파는 많은 것을 잃어왔다. 친구를 고발했고, 목숨을 구걸했고, 엄마를 내던지고 도망쳤다. 노파는 매일 '너 때문에'라는 환청을 들으며 자신에게 벌을 주는 기분으로 원고를 지키며 살아왔다. 노파는 원고에 자신의 삶을 내줘버렸다. 미치광이, 미친년이라는 소리를 들어가면서.

가진 것 하나 없이 아집만 남은 것 같은 78세의 노파에게, 원고에 집착하는 이 늙어빠진 여자에게서 우리는 눈을 돌릴 수가 없다. 내 행복은 여기 있다고, 이것만 지켜내면, 이것만 해내면 내 인생은 빛날 거라고 믿었던 시절이 내게도, 당신에게도 있었을 테니. 꿈이라는 이름에, 사랑이라는 이름에, 성취와 성공이라는 이름에 집착하며 우리는 믿었다. 이 시간만 참아내면 내게 행복이 찾아올 거라고. 빛나는 시간이 내게도 찾아올 거라고. 보이지 않는 무엇을 잡겠다며 사람을, 사랑을, 시간을 잃으며 견뎌온 생 앞에 우리는 무릎 꿇고 싶지 않았다.

어떻게든 버티어야 했기에 우리가 차마 놓을 수 없었던 어떤 것들을 생각하면 마음이 아리다. 도저히 이룰 수 없다는 것을 알면서도 버릴 수 없었던 꿈과, 결코 변하지 않을 사람에 대해 접을 수 없었던 기대와, 세상이 틀리고 내가 맞을 거라는 고집스런 믿음들. 그 사이에서 우리는 때로 휘청거리며 산다. 우리가 오래도록 버리지 못하는 것이 어쩌면 허상이고 신기루가 아닐까 의심하면서도 그것을 놓고서 어떻게 살아야 하는지 길을 알 수 없어서, 아닌 줄 알면서도 살던 대로 살아갈 수밖에 없던 시간을 우리는 알고 있다. 그러니 모두 노파의 한이 서린 서러운 울음에 같이 울어버린 것은 아니었을까.

노파는 자신을 스스로 이렇게 부른다. 원고만 남겨진 여자, 원고를 지키는 여자. 그녀의 쓸쓸한 노래를 들으며 내게 남겨진 것과 내가 붙잡고 놓지 않고 있는 것들이 무엇인지를 생각하는데 삶이 더욱 아득해지는 기분이었다. 노파는 원고를 지킬 수 있을까, 아니 정말 원고를 지켜야만 살 수 있는 걸까.

노파의 운명을 생각하니 연민이 들었다. 그때, 그녀 곁에 머물렀던 원고 K(노파의 눈에만 보이는 의인화된 원고)가 나타나 말을 건다. 이제 더는 그런 당신이 아닐 거라고. 노파는 텅 빈 눈으로 말한다. 너무 늦었어. 다른 사람들은 몰라도 K는 알고 있다. 그녀가 30년 동안 원고를 놓고 재판을 받아왔던 건 욕심이 나서도 관심을 받고 싶어서도 아니었다는 걸. 원고를 버리고 자신만의 인생을 다시 시작하는 게 겁이 났을 뿐이라는 걸. K는 노파의 텅 빈 눈동자를 보며 말한다.

괜찮아.
너를 누구보다 아껴왔던 네가 네 인생에 써줬어.
당신은 알아. 이미 알고 있어.
당신이란 책을 제대로 읽어봐.
그 속엔 네가 잊었던 문장이 많아 넌.
수고했다. 넌 충분하다. 넌 살아냈다. 늦지 않았다.

차가운 눈 속에 홀로 남겨진 것 같은 자신을 지키며 살기 위해 딱딱하게 얼려버렸던 노파의 마음이 순간 녹아내린다. 그녀의 볼에 뜨거운 눈물이 흐른다. 메마른 노파의 볼을 가만히 어루만

지는 K의 노래는 노파를 위한 노래이자, 잘못된 걸 알면서도 어떻게 다시 자신만의 인생을 그려야 할지 몰라 살던 대로 그저 시간을 견디고만 있을 누군가를 위한 송가다.

앞으로 써나갈 이야기가 더 많아.

시작이 아냐.

잠시 멈췄던 거야.

반전은 항상 마지막에 있어.

내가 아닌 너의 이야기로 채워.

누구보다 빛나는 결말을 맺어.

세월의 풍파를 겪어 주름이 자글자글한 그녀의 얼굴이 편안해지는 걸 보고 나서야 나는 비로소 안도했다. 노파는 이제 자신의 발목을 잡은 채 오랫동안 제대로 걸을 수 없게 만들었던 원고를 버리고, 그녀만의 인생을 위해 늦게라도 소중하게 품어야 할 것이 무엇인지에 대해 오래 생각할 테니.

이제 그녀의 이름을 당신에게 알려줄 때가 됐다. 그녀의 이름은 '호프'. 뮤지컬 제목과 같은 'hope'다.

가끔 사는 게 괴로우면

'스무 살의 필독서' 하면 무라카미 하루키의 『노르웨이의 숲』이 제일 먼저 생각난다. 원제목은 『노르웨이의 숲』이지만 사실 내게는 『상실의 시대』(국내에는 이 제목으로 소개되었다가 나중에 원제인 『노르웨이의 숲』으로 바뀌어 재출간되었다)란 제목이 더 익숙하다. 만약에 처음부터 『노르웨이의 숲』으로 소개가 됐다면 이 책에 큰 관심이 가지 않았을 것 같다. 당시에 나는 슬픔과 우울과 어둠 같은 무채색의 정서에 매혹당하던 스무 살을 살고 있었으니까. 그 나이의 청춘에겐, 이제는 어른이 된다는 설렘과 모든 것을 알지 못한 채로 세상에 나아가야 한다는 두려움이 뒤섞인 혼란을 잠재울 것이 필요했다. 어린 우리를 부러운 눈빛으로 보며

"좋을 때다"라는 말을 하는 어른을 만나면 어쩐지 반항심도 들었다. 실은 우리도 당신들만큼이나 괴롭거든요. 삶이 원래 괴로운 거 아닌가요. 짐짓 인생을 아는 척하고 싶은 허세도 있었을 것이다. '상실의 시대'는 그런 스무 살의 마음을 대변하는 제목이었다. 당신들이 몰라서 그렇지 스무 살은 반짝반짝 빛나는 시간이 아니라고요, 슬프고 아프고 괴로운 시간이라고요. 구질구질하게 말하지 않아도 '상실의 시대'라는 제목 하나로 스무 살이 다시 정의되는 기분이었다.

내게 『노르웨이의 숲』은 그렇게 각인된 작품이었다. 그래서일까, 이제는 희미해진 책의 내용 중에서 유독 기억나는 장면이 있다. 가끔 사는 게 괴로우면 바에 가서 보드카 토닉을 마신다는 미도리의 말.

조금 더 어른스러워 보이고 싶은 열망이 가득하던 스무 살을 사로잡을 만한 장면이었다. 삶이 괴롭다고 느껴질 때면 DUG란 바에 가서 소주도 아니고 맥주도 아니고 보드카 토닉을 마신다니, 그것도 잔에 남은 얼음을 달가닥 소리가 나게 흔들면서.

스무 살에도, 그보다 어린 시절에도 우리는 여러 가지 문제를 겪으며 살아간다. 이제 아홉 살인 우리 아이만 해도 자주 말하니까. "오늘 너무 힘들었어." 스무 살을 건너 훌쩍 중년이 된 지금의 시간도 다르지 않다. 하나의 어려움이 물러가면 또 다른 괴로움이 등장한다. 삶에 노하우라는 것이 있다면 어렵고 괴로운 문제를 풀어가는 자신만의 방식이 있느냐 없느냐의 문제일 것이다.

사실, 지금도 잘 모르겠다. 스무 살 무렵과 다름없이 나는 때때로 많은 것들에 휘둘리고 괴로움에 시달리니까. 그래도 예전과 조금 달라진 게 있긴 하다. 전에는 괴로운 생각에 사로잡히면 거기서 빠져나올 줄을 몰랐다. 나는 자주 해결할 수 없는 문제와 고민에 긴 밤을 내어주며 우울과 슬픔에 잠식당했다. 지금도 그런 경향이 없는 건 아니지만, 괴로운 생각을 저만치 밀어두려고 애는 쓴다. 문제에 대한 예민함이 옅어지길 바라며 일부러 잠을 청하기도 하고, 어려운 상황에서 잠시 빠져나가기 위해 보면 무조건 웃을 수 있는 예능 프로그램을 찾아볼 때도 있다. 괴로움에 헐떡이는 걸 멈추고 마음을 가라앉히는 일이 시급하다 싶을 땐, 비틀스의 「The Long and Winding Road」에 나오는 "왜 절 여기 서 있게 했나요, 그 길을 알려주세요"라는 가사에 기댄다. 셀린 디옹과 안드레아 보첼리의 「The Prayer」(요즘엔 가수 존 노가 부른 버전으로 자주 듣는다)에 나오는 "이 잃어버리고 부서진 마음들을 거둬가세요"라는 가사에 마음을 맡길 때도 있다. 하지만 역시, 내가 괴로울 때 가장 의지하는 것은 이 말이다.

세상이 못 견디겠으면 책을 들고 쪼그려 눕죠.

_『수전 손택의 말』, 수전 손택 · 조너선 콧

엄마를 잃었을 때도, 관계에 치였을 때도, 깜빡이는 커서만 바라보며 글 한 줄을 쓰지 못할 때도, 아이를 책임지고 키우는 일이 어렵고 막막하게 느껴질 때도, 세상 혼자인 것 같은 고독한 마음이 들 때도 제일 먼저 책을 찾았다. 잘은 모르지만, 나와 비슷한 사람이 어딘가에 있을 거라고 생각한다. 우리가 이처럼 책을 사랑하고 붙들게 되는 이유는 무엇일까. 그에 대해 한강 작가는 어느 강연에서 이런 말을 한 적이 있다.

책을 많이 읽고 나면 강해졌다는 느낌이 들어요. 바쁘고 해서 책을 많이 못 읽는 시기에는 약간씩 사람이 희미해진달까, 뭔가 좋지 않아요. 나 자신이 좋은 상태가 아니라는 걸 스스로 느끼게 돼요. 책을 읽어야만 한다는 허기가 느껴져서 며칠 동안 몰아서 정신없이 읽을 때가 있어요. 그러다가 어느 순간 다 충전됐다, 그런 느낌이 들 때가 있어요. 나 좀 강해졌어, 씩씩해졌어, 그런 느낌이 들 때가 있거든요. 개인적인 필요, 허기, 갈망 때문에 읽게 되는 것 같고요. 책을 읽지 않고 살아갈 때는 부스러질 것 같고, 몇

줄을 읽더라도 읽어야 부스러지지 않고, 부스러졌더라도 다시 모아지는, 그런 느낌이 있어요.

그녀가 말했듯, 나도 책을 읽고 나면 단단해진 기분이 들곤 했다. 책을 읽고 나면 복잡한 생각이 정리될 때도 많았다. 내가 직면한 문제들에 당장 정답을 내주진 않아도(결국 답은 나 자신이 찾는 것이므로) 책을 읽는 것 자체만으로 의지가 되었다. 무언가 안심이 되는 기분이랄까. 그 이유에 대해서 막연히 생각하다 C.S 루이스의 이 말을 찾아냈을 때, 머릿속에 '반짝' 등불이 켜지는 기분이었다.

나는 내가 혼자가 아니라는 사실을 깨닫기 위하여 책을 읽는다.

나는 책을 통해 사람을 만나고 있었던 것이다. 그 만남은 스쳐가는 만남이 아니었다. 아주 내밀하고 소중했다. 책 속의 저자들은 모두 온 마음을 다해 진심으로 이야기하고 있었으니까. 작가들은 우리와 만나기 위해 몇 달을, 몇 년을, 혹은 평생을 바쳤다. 시간과 노력과 깊은 사유가 담긴 만남은 자주 나를 감동하게 했고 위로했다. 지금 겪는 이 문제는 나만의 것이 아니라는 것. 언젠가 내가 느꼈던 알 수 없는 감정들을 누군가 똑같이 느꼈다는 것. 그러니 나는 책을 읽을 때마다 혼자가 아니라는 사실을 확인하며 안심했던 것이다. 책을 읽고 나면 조금 강해진 기분이 들었던 것도 내 뒤에 그들이 있다는 느낌 때문이었다.

내겐 자주 가는 근사한 바도 없고, 즐겨 마시는 보드카 토닉 따위(괴로움을 잊자고 맥주 한 캔만 마셔도 두통으로 괴로운 나이이기도 하고)도 없지만, 대신 든든한 뒷배가 있다. 그들은 항상 나를 기다린다. 바쁘다고 약속을 잊는 경우도 없으며, 함께 있다가 슬쩍 자리를 떠나지도 않는다. 가끔 그들이 하는 이야기를 듣다가 졸아도 타박하지 않는다. 손만 뻗으면 언제든 다가와 주는 그들이 있어서 나는 자주 나의 괴로움을 물리치고 이따금 세상을 다 가진 것처럼 행복하다.

몇 번이라도 좋다, 이 끔찍한 생이여

어떤 질문은 답을 하기 위해서 인생을 깊게 들여다보게 만든다.

찬란한 행복이 함께하겠지만,

그 끝에 고통스러운 결말이 기다리고 있다면

당신은 그 길을 떠날 수 있겠습니까?

영화 「콘택트」는 내게 그런 질문을 던진 영화였다.

주인공 루이스(에이미 아담스 분)는 언어학 박사다. 어느 날 정체불명의 비행 물체가 지구에 나타나고, 그녀는 미국 정부의 요청으로 물리학자 이안(제러미 레너 분)과 팀을 이뤄 외계인들이 어떤 목적으로 지구에 왔는지를 알아내는 임무를 맡는다. 루이스는 미확인 비행 물체 안으로 들어가 외계 생명체 '헵타포드'를 만나 그들이 쓰는 언어 '헵타포드어'를 분석하려고 애쓴다. 그들의 언어 체계는 과거, 현재, 미래를 나타내는 시제가 있는 인간의 선형적 언어와 완전히 달랐다. 그들은 모든 시간대를 동시에 인식할 수 있는 비선형 언어를 사용했다. 루이스가 그들의 언어를 하나씩 배우며 대화를 시도하기 시작하면서 그녀에게 이해하기 어려운 환상이 반복적으로 나타난다. 루이스의 환상 속에 계속해서 등장하는 인물은 훗날 루이스와 이안이 사랑해서 낳게 될 아이 '한나'였다. 과거의 회상처럼 보이는 환상은 실은 루이스의 미래였다. 헵타포드어를 배우며 루이스에게 미래를 보는 능력이 생긴 것이다. 루이스는 혼란스럽다. 미리 알게 된 미래에는 엄청난 비극이 예정되어 있기 때문이다. 한나는 열두 살에 희귀병에 걸려 루이스의 곁을 떠난다. 루이스는 미래가 아닌 현재에 있다. 현재의 시간에서 다른 선택을 한다면 루이스는 고통스러운 비극을 겪지 않아도 된다. 루이스는 과연 어떤 선택을 할 수 있을까. 영화의 원작인 테드 창의 소설 『네 인생의 이야기』를 보면 루이스의 고뇌를 조금 더 잘 이해할 수 있다.

나는 처음부터 나의 목적지가 어디인지를 알고 있었고, 그것에
상응하는 경로를 골랐어. 하지만 지금 나는 환희의 극치를 향해
가고 있을까, 아니면 고통의 극치를 향해 가고 있을까?
내가 달성하게 될 것은 최소화일까, 아니면 최대화일까?
이런 의문들이 내 머리에 떠오를 때,
네 아버지가 내게 이렇게 물어.
"아이를 가지고 싶어?"
그러면 나는 미소 짓고 "응."이라고 대답하지.

　영화에는 루이스가 왜 그런 선택을 할 수밖에 없었는지를 이
해하게 되는 장면이 나온다. 루이스는 애초에 낳지 않기로 결정
했더라면 열두 살 나이에 고통스럽게 떠나보낼 필요도 없었을
어린 딸에게 이렇게 말한다.

그 병은 막을 수가 없어. 네 수영 실력이나 글솜씨 같은
모든 놀라운 재능처럼 난 막을 수 없어.

　그러자 딸 한나는 이렇게 답한다.

난 막을 수 없어.

　그 말을 듣는 순간, 루이스는 이미 결정했을 것이다. 기쁨도, 슬픔도 막을 수 없는 것이라면, 그 모든 것을 다 껴안겠다고. 모든 것을 품고 기꺼이 걸어가겠다고. 영화를 본 뒤 많은 리뷰어들이 니체를 떠올렸다. 우리 안에는 우리를 넘어선 존재가 있으니 끊임없이 자기 자신의 한계를 극복하고 삶을 긍정하며 앞으로 나아갈 것을 주장하던 니체의 정신과 루이스의 태도는 어딘가 닮아 있었으니까. 나 또한 영화의 엔딩 크레디트가 올라갈 때 니체의 이 말을 떠올렸다.

　　생을 그토록 깊이 들여다보면,

　　고뇌까지도 그만큼 깊이 들여다보게 마련이다.

　　용기는 더없이 뛰어난 살해자다.

　　공격적인 용기는

　　"몇 번이라도 좋다. 이 끔찍한 생이여…… 다시!"

　　이렇게 말함으로써 용기는 죽음까지 죽여 없애준다.

　　　　　　　_『차라투스트라는 이렇게 말했다』, 프리드리히 니체

우리에게 끔찍한 고통을 줄지라도 한때 우리가 가지게 될 찬란한 기쁨을 절대 잃지 않겠다는 의지. 그 모든 것을 끝끝내 감당하겠다는 주인공 루이스의 마음을 이해할 수 있을 것 같다. 고통을 극복하지 못할지라도, 인생 내내 고통과 더불어 살게 될지라도 찰나의 행복을, 환희의 순간을 인간은 포기할 수 없다. 인간에게 어떤 순간은 전부이고 영원이기 때문이다. 이 길의 끝에 엄청난 고통이 기다리고 있다는 것을 알면서도 기어이 그 길로 가겠다고 선택하는 인간을 당신은 어리석다고 생각할까, 아니면 위대하다고 생각할까. 나는 인간이란 존재에게 두 가지 감정 모두를 품고 있다. 그래서 니체의 이 말을 들을 때마다 언제나 똑같이 한없이 슬퍼지면서도 한없이 마음이 뜨거워진다.

"몇 번이라도 좋다. 이 끔찍한 생이여…… 다시!"

1장 우리 등 뒤의 슬픔

- 동요 「모두 다 꽃이야」 류형선
- 영화 「지상의 별처럼」 2007
- 월간 「방송작가」 2021. 01
- 「바보가 바보들에게」 김수환 저, 장혜민 편, 산호와 진주, 2009
- 「디어 마이 프렌즈 2」 노희경 대본집, 북로그컴퍼니, 2016
- 드라마 「스토브리그」 SBS, 2019
- 「리부트」 김미경, 웅진지식하우스, 2020
- 노래 「그대에게」 강아솔, 2012
- 「날씨가 좋으면 찾아가겠어요」 이도우, 시공사, 2018

2장 시간은 결코 사라지지 않는다

- 「어떻게 신경을 안 써」, 한겨레 칼럼, 삶의 창, 홍인혜, 2020
- 「노견일기 4」 정우열 , 동그람이, 2020
- 「곁에 없어도 함께할 거야」 헤더 맥매너미, 흐름출판, 2017

- 『더우면 벗으면 되지』 요시타케 신스케, 주니어김영사, 2021
- 『판매지수와 순위 스트레스』 임경선의 성실한 작가생활, 채널예스, 2016. 04
- 배우 염혜란 인터뷰, 한겨레 2021. 02
- 『보름달』 조선 중기 송익필의 시
- 『찐경규』 카카오 TV
- 슈와프의 시 「서두르지 마라」 『딸아, 외로울 때는 시를 읽으렴』 신현림 엮음, 걷는나무, 2018
- 『부정성 편향』 존 티어니, 로이 F. 바우마이스터, 에코리브르, 2020
- 영화 「인생 후르츠」 2017

3장 우리의 어둠이 결코 부끄럽지 않은 이유

- 『그쪽의 풍경은 환한가』 심보선, 문학동네, 2019
- 시 「슬픔이 없는 십오 초」 『슬픔이 없는 십오 초』 심보선, 문학과 지성사, 2008
- 『설이』 심윤경, 한겨레출판, 172쪽, 2019
- 『흑설탕 캔디』 『나의 할머니에게』 백수린, 다산책방, 2020 | 『여름의 빌라』 문학동네, 2020
- 드라마 『브람스를 좋아하세요?』 SBS, 2020
- 『일단 오늘은 나한테 잘합시다』 도대체, 예담, 2017
- 『내일은 초인간 1』 김중혁, 자이언트북스, 2020
- 영화 「존 윅」 2015
- 시 「빗방울도 두려웠다」 베르톨트 브레히트

4장 너의 긴 밤이 끝나는 날

- 드라마 「슬기로운 의사 생활」 tvN, 2020
- 노래 「당연한 것들」 이적, 2020
- 영화 「엄청나게 시끄럽고 믿을 수 없게 가까운」 2011
- 시 「깊이 묻다」 『가만히 좋아하는』 김사인, 창비, 2006
- 「사사롭지만 도움이 되는 일」 『사랑에 대해서 말할 때 우리들이 하는 이야기』 레이먼드 카버, 도서출판 집사재, 2009
- 시 「조용한 일」 『가만히 좋아하는』 김사인, 창비, 2006

5장 계속 살아도 된다는 말

- 『장 크리스토프』 로맹 롤랑, 동서문화사, 2016
- 드라마 「나의 아저씨」 tvN, 2018
- 국회 대정부질의 모두 발언 중에서, 장혜영, 2020. 09
- 「청년정치 와글와글」 장혜영 인터뷰, 2020. 09
- 『넘어져도 상처만 남지 않았다』 김성원, 김영사, 2020
- 『숨결이 바람될 때』 폴 칼라니티, 흐름출판, 2016
- 『수전 손택의 말』 수전 손택·조너선 콧, 마음산책, 2015
- 서울국제도서전 작가 한강 주제 강연, 2019. 6.
- 영화 「콘택트」 2017
- 「네 인생의 이야기」 『당신 인생의 이야기』 테드 창, 엘리, 2020

견디는 시간을 위한 말들

1판 1쇄 인쇄 2021년 5월 25일
1판 1쇄 발행 2021년 5월 31일

지은이 박애희
펴낸이 김선식

경영총괄 김은영
기획편집 조혜영 **크로스교정** 조세현 **책임마케터** 오서영
마케팅본부장 이주화 **마케팅1팀** 최혜령, 박지수
미디어홍보본부장 정명찬 **홍보팀** 안지혜, 김재선, 이소영, 김은지, 박재연, 오수미
뉴미디어팀 김선욱, 허지호, 엄아라, 김혜원, 이수인, 임유나, 배한진, 석찬미
저작권팀 한승빈, 김재원
경영관리본부 허대우, 하미선, 박상민, 권송이, 김민아, 윤이경, 이소희, 이우철,
김재경, 최완규, 이지우, 김혜진
외부스태프 곽명주(일러스트), 송윤형(디자인)

펴낸곳 다산북스 **출판등록** 2005년 12월 23일 제313-2005-00277호
주소 경기도 파주시 회동길 490
전화 02-704-1724 **팩스** 02-703-2219 **이메일** dasanbooks@dasanbooks.com
홈페이지 www.dasanbooks.com **블로그** blog.naver.com/dasan_books
인쇄·제본·후가공 갑우문화사
ISBN 979-11-306-3818-8 03810

다산북스(DASANBOOKS)는 독자 여러분의 책에 관한 아이디어와 원고 투고를 기쁜 마음으로 기다리고 있습니다.
책 출간을 원하는 분은 다산북스 홈페이지 '원고투고'란으로 간단한 개요와 취지, 연락처 등을 보내주세요.
머뭇거리지 말고 문을 두드리세요.